Rue de la Source, 7
(B)1435 Hévillers
www.kerditions.eu / kerditions@kerditions.eu

Directeur de collection : Xavier Vanvaerenbergh
Couverture : Eva Myzeqari

ISBN : 978-2-87586-315-7
Dépôt légal : D/2022/12.437/115

Prix Polar de la Foire du Livre de Bruxelles 2022.
Les éditions Ker sont soutenues par la Fédération Wallonie-Bruxelles.

Cet ouvrage a été achevé d'imprimer par Pulsio.net en février 2022.

Olivier Hecquet

Les mots des morts

ker éditions

– Je dirais… Le respect de soi. Sinon, comment se supporter ?

– Le respect de moi, inspecteur, j'en ai fait des confettis.

Ottavo Vitto, *Le Rose est la couleur de ta mort*

On ne voit pas. On lit mal. Les signes sont bien présents, pourtant, mais ils restent invisibles en tant que signes *pour celui qui ignore ce qu'il cherche. Toute la question est là : il faut projeter, imaginer un sens aux choses pour y trouver une signification.*

Juan-Luis Galleta, *Le sens des choses.* Il avait pris le livre au hasard et lisait sans intérêt. Pour passer le temps. Il attendait. Il jeta un coup d'œil par la fenêtre : le ciel était passé de la nuit noire à l'aurore grise – le soleil allait enfin se lever. Encore une heure ? Une demi-heure ? Il préférait ne pas savoir.

La cohérence de notre lecture ou la présence de signes univoques – mais en existe-t-il ? – nous apportera la certitude que nous avons bien lu. Fausse certitude : tout nouveau signe peut remettre en question notre compréhension. Il faudra attendre la fin de…

Il referma le livre. Décidément, cela tombait des mains. Il fixa le plafond, dont le blanc s'éclaircissait graduellement. Il tenta d'y concentrer son attention, mais ainsi couché face au vide, il finit par penser à son rendez-vous au cabinet de Virginie Watrin et… non. Ne pas penser. Ne pas réfléchir. Le plafond, rien que le plafond. Quand cette journée se déciderait-elle enfin à commencer ?

Le réveil sonna à 6 h 30. Il attendit trois sonneries avant de l'éteindre et de sortir du lit, histoire de contrer son impatience à se lever. L'un dans l'autre, jugea-t-il, la nuit n'avait pas été mauvaise. Il avait un peu dormi et s'était reposé le reste du temps. Il avait attendu le retour du sommeil avec calme, puis accepté son absence ; il avait su éviter que l'angoisse ne lui mange le cœur et le cerveau. Une bonne nuit, pour un insomniaque.

Il tira les rideaux. Le ciel était couvert de nuages ; l'hiver finissant était terne sur Bruxelles. Il s'étira, se traîna jusqu'à la cuisinière pour se faire un café puis passa à la salle de bains. Alors advint une chose étonnante, une sorte d'événement perturbateur de ce début de journée si commun : soudain, sans raison, sans annonce, tandis qu'il brandissait le rasoir à hauteur de sa barbe, le miroir se décrocha du mur et se brisa sur la tablette de l'évier en deux morceaux presque identiques. Il eut à peine le temps d'être surpris car le téléphone sonna à cet instant précis.

– Oscar Quethec.

– Bonjour, Monsieur le Commissaire. Mon nom est Olivier Fauvilles, nous nous sommes vus lors de…

– Oui, oui, je sais qui vous êtes, voyons ! Vous venez d'intégrer l'équipe en tant qu'inspecteur et vous étiez de garde cette nuit. Dites-moi.

– On vient de m'appeler pour un meurtre… ou deux…

– Un ou deux ? Choisissez.

– C'est la concierge qui a téléphoné. Elle était plutôt confuse, mais une équipe du 101 est déjà sur place. Je me mets en route.

– Bien, donnez-moi l'adresse, je vous y retrouve.

– 64, rue de l'Ermitage, à Ixelles.

– Parfait. À tout de suite.

– À tout à l'heure, Monsieur le Commissaire.

– C'est ça.

« Monsieur le Commissaire »… Les excès de politesse, avant le petit-déjeuner, il avait toujours trouvé ça indigeste. Il retourna à sa barbe. Il lui fallut un moment pour s'habituer à se raser dans le reflet de droite en même temps que celui de gauche lui renvoyait une autre image de lui-même.

Trente-cinq minutes plus tard, il arrivait sur les lieux. Une rue calme, à sens unique, déployée en une longue courbe reliant le bas plutôt sale de la chaussée d'Ixelles à l'élégante avenue Louise. Une sorte de raccourci entre deux mondes comme il en existe tant à Bruxelles. Le 64 était un immeuble à appartements assez cossu des années 30, conservé dans son état d'origine de la porte aux cheminées. Un agent surveillait l'entrée.

– Bonjour, Nicolas ! Alors, finalement, c'est un ou deux meurtres ?

– Bonjour, Commissaire. C'est deux. Au cinquième. Je suis arrivé avec Valérie, on a fait le tour de l'immeuble puis une équipe est arrivée avec Olivier Fauvilles.

– Où est Valérie ?

– Elle essaye de calmer les voisins. La concierge est un peu sonnée, on ira la voir dès que possible.

– Parfait, merci.

Il pénétra dans le bâtiment. À l'intérieur, hall, puits de lumière, ascenseur d'époque et cage d'escalier en granito de la première à la dernière marche. La grande classe. Le vieux moteur de l'ascenseur annonça son arrivée par tout un jeu de cliquetis métalliques.

Oscar Quethec n'aimait pas les scènes de crime. Ce sang, ces corps aux postures disloquées, et le regard fixe de la mort… Il aimait, en arrivant, éviter le drame. C'était une façon de postposer la fin de la vie : souvent, tout était encore normal dans les autres pièces. On pouvait s'y imprégner de ce qu'était le quotidien de la victime. Sentir sa vie. Dans cet appartement, tout ce que le regard rencontrait exprimait le raffinement esthétique d'une bourgeoisie accomplie. Le parquet était impeccable, les moulures du plafond parfaites, et chaque objet, même chaque livre négligemment abandonné, s'intégrait dans le décor. Une vie de luxe et de mondanités. La baie vitrée du salon donnait sur l'autre côté de la rue, où s'étendait le parc d'une seule et unique propriété. Une pelouse magnifique bordée d'arbres centenaires, des chemins sinueux révélant des fontaines, des *putti*… Voilà ce que contemplaient les habitats chaque matin en dégustant leur petit-déjeuner. Le commissaire admira la vue un long moment, comme un acteur inspire sa dernière bouffée d'air libre avant d'entrer sur scène. Puis il pénétra dans le bureau.

La pièce était parfaitement en ordre, rien ne traînait hormis quelques papiers sur le sous-main. Une bibliothèque occupait un mur entier – les livres semblaient classés selon une rigueur méticuleuse. Le mort gisait dans un fauteuil, les bras pendant de part et d'autre des accoudoirs et la tête retombée de tout son poids sur la poitrine. Une balle, une seule, au cœur, avait taché de sang la blancheur de sa chemise. Il avait la quarantaine assez peu dégarnie, les traits travaillés mais plaisants, et un costume trois pièces tout droit sorti d'une des plus belles vitrines de la ville. Le néant n'avait pas entamé son élégance, pas encore.

L'autre cadavre gisait au sol. C'était une très belle femme. Sa longue chevelure noire abandonnée s'étalait sur le parquet, soyeuse, brillante, en parfait accord de texture et de ton avec sa robe de velours. Elle portait des bas; ses jambes étaient découvertes haut sur la cuisse. Il s'en voulut d'être troublé à la vue des jarretelles. Le visage – maquillé, mais sans excès – était harmonieux. Seul le menton ressortait quelque peu, qui lui donnait l'air fier. Le commissaire remarqua qu'il portait la marque d'une légère meurtrissure.

Une observation plus attentive se révéla aussi riche d'informations que de questions. D'abord, le corps était recroquevillé, comme en position fœtale, ce qui semblait peu naturel. Ensuite, à hauteur du cœur, le tissu de la robe était gorgé de sang en même temps qu'il semblait légèrement brûlé, comme si un canon y avait été collé au moment du coup de feu. Meurtre ou suicide? Impossible d'opter pour l'une ou l'autre hypothèse car l'arme se trouvait entre le bureau et la bibliothèque, à deux mètres du corps.

Tout cela n'était pas très cohérent. Il resta un moment à observer les morts, la pièce dans son ensemble, l'un ou l'autre détail… Une boîte joliment ouvragée était abandonnée sur le sol, devant un petit meuble dont la porte était entrouverte. Il finit par se détourner.

– Côté biographies, qu'est-ce que ça donne? Où est Olivier?

– Dans la cuisine.

L'inspecteur principal Olivier Fauvilles était au téléphone et griffonnait dans un calepin sur le plan de travail. Il écourta la conversation en voyant entrer son supérieur.

– Ah, Monsieur le Commissaire!

– Bon sang, Fauvilles, appelez-moi « Commissaire », comme tout le monde. Alors, cette nuit de garde? Pas trop chahutée?

– Ça aurait été, sans cette affaire-ci.

Oscar Quethec écouta le compte rendu de l'inspecteur. Quelques instants plus tard arriva le médecin légiste, précédé par son ventre. Oscar n'avait jamais aimé cet homme. Les circonstances de leur rencontre y étaient pour quelque chose; il tenta de refouler ce souvenir tandis que le ventre entrait définitivement dans la cuisine.

– Bonjour Oscar, bonjour Olivier, comment ça va?

– Bonjour Constantin.

Le médecin ne se formalisa pas: il avait l'habitude de cette froideur de la part du commissaire. C'était un homme âgé, bientôt à la retraite, il en avait vu d'autres, il enchaîna:

– Le juge d'instruction arrive, avec les gens du parquet. On y va? Que savons-nous?

Ils se rendirent à deux dans le bureau. Oscar Quethec présenta les victimes tandis que le médecin, en l'écoutant d'une oreille presque distraite, observait.

– L'homme s'appelle Octave Tiers. Il aurait eu 43 ans au début du mois prochain. C'est le fondateur et directeur des éditions Psyché. Les grandes lettres: arts, critique littéraire, philosophie… Petite maison d'édition à côté du Sablon. Marié depuis quinze ans – et une semaine! – à Marie de Tourve. Qui pour l'heure ne répond pas à nos appels.

– Ah?

– C'est mon boulot. La femme décédée à ses côtés s'appelle Victoria Garcia Borges. Espagnole, 31 ans. Célibataire, pour ce qu'on en sait actuellement. C'est – enfin, c'était – la secrétaire de l'éditeur.

Les hommes du parquet arrivèrent accompagnés de ceux du laboratoire. On se salua, on se dispersa. Le commissaire les guida vers Olivier Fauvilles, puisqu'il avait rassemblé les premiers éléments du dossier. Seul un photographe entra dans le bureau. Oscar Quethec reprit sa conversation avec Constantin Mailleux. Le médecin était dubitatif.

– Il y a quelques éléments qui me chiffonnent…

– N'est-ce pas ? Octave ne pose pas vraiment problème, en soi. Il s'est pris une balle dans le cœur, c'est triste, mais en dehors du fait que je vais devoir fouiller des vies à la recherche de son assassin, je n'ai rien à en dire. Victoria, en revanche… La brûlure de sa robe à l'endroit même du coup de feu fait penser à un suicide, bien sûr, mais l'arme se trouve trop éloignée de son corps pour être simplement tombée au sol. On dirait que…

Le médecin leva la main pour le faire taire. Pour qu'il puisse regarder. Il se pencha autant qu'il le pouvait, c'est-à-dire très peu. Il finit par mettre un genou à terre afin de se rapprocher.

– Il y a autre chose…

– Quoi ? Victoria a pris un coup à hauteur du menton, l'autopsie dira si c'est en lien avec sa mort. Pour le reste, la porte du bureau a été forcée de l'extérieur, mais ça, c'est mon boulot.

– Non, vous n'y êtes pas : la blessure de cette femme n'a pas saigné normalement. Regardez ces taches, là et là… Étant donné la position du corps, si elle s'est donné la mort, leur emplacement n'est pas logique. Comme s'il s'était passé quelque chose après le tir visant son cœur… Mais le sang ne s'est pas répandu sur le plancher pour autant : il a été absorbé par la robe. Le velours noir a largement dissimulé l'anormalité du saignement. Aidez-moi à déplacer légèrement le corps, voulez-vous ? Jérôme, vous avez pris les photos ?

Le photographe du laboratoire opina du chef. À deux, délicatement, ils penchèrent en avant le corps de Victoria Garcia Borges et découvrirent, sous l'épaule et la chevelure, une feuille de papier.

Les mots s'étiraient de ligne en ligne sur le rectangle blanc, bien organisés en phrases et paragraphes, mais les taches de sang brouillaient la lecture jusqu'à l'incohérence.

Un homme du laboratoire vint avec une pochette en plastique ; le médecin légiste dégagea les cheveux pour, la main gantée, extirper la feuille et la glissa dans la pochette.

– Vous pouvez en prendre une photo ? En l'état, il y aura des parties illisibles, mais je m'en contenterai pour l'instant.

– Je peux même vous en imprimer une copie, Commissaire, j'ai le matériel qu'il faut ici.

Le médecin reprit ses observations :

– Tout le tissu de la robe sur le flanc est imbibé. Elle a perdu beaucoup de sang. Il y a des gouttes dans les cheveux, assez nombreuses.

– Comme si on avait tiré de sous son corps d'autres feuilles ensanglantées sans y prêter la même attention que vous…

– Possible. À vous de voir. Pour le reste, on verra à l'autopsie et après les analyses du labo.

Le photographe revint avec la reproduction.

– C'est surtout le bas de la page qui est illisible.

Le commissaire prit la feuille et lut le texte debout, le corps de Victoria Garcia Borges à ses pieds.

putain. Parce qu'il y avait ça aussi dans cette histoire, peut-être même que, si l'on acceptait de regarder les choses froidement, c'en était une des bases. Alors, j'en avais rien à foutre, moi ! Pourquoi elle la ramenait avec ses conneries ? On avait dit pas ça. C'était clair, dès le 'était dans le contrat. Et un contrat, ça se change pas sans l'accord de l'autre. Cette

onne, elle me mettait dans la merde, moi. J'aurais préféré ne pas devoir en arriver ment, je l'aimais bien cette petite, j'y étais vraiment attaché. Mais là elle me posait

e devais m'en sortir. Et tant pis si pour cela je devais la tuer, elle n'avait qu'à pas ner. C'est comme ça un homme, un humain, je veux dire, ça reste un animal : la grande loi, l'ultime, c'est survivre.

que Véra passa à la cuisine, je sortis mon revolver.

u café ?, me demanda-t-elle.
i, avec plaisir.

– Alors ?
– On dirait… un roman. Un roman policier.
– Bizarre. Rien à voir avec ce qu'il publie, si ?

Le médecin avait parlé en désignant du pouce le cadavre de l'éditeur.

– Très juste… Je vais m'intéresser à ça.
– Bon, je crois qu'on n'a plus rien à faire ici. J'appelle la morgue, Oscar, ça vous va ?

Vingt minutes plus tard, les deux corps reposaient sur des civières. Pour tout adieu, un constat de décès. Alentour, dans la pièce, on prenait les dernières photos et les relevés d'empreintes. Un policier avait mis dans des sacs en plastique étiquetés les effets personnels trouvés à côté des corps ou dans les vêtements : un portefeuille et un téléphone dans la veste d'Octave Tiers, un sac à main contenant un portefeuille, un téléphone, un trousseau de clés et un nécessaire de toilette aux pieds de Victoria Garcia Borges.

Dans la cuisine, le commissaire Quethec discutait avec le juge d'instruction.

– Bon, Oscar… Comme vous le savez, le magistrat de garde était Xavier Cruysman. Il vous a confié l'enquête, puisque c'est à vous qu'Olivier Fauvilles a passé la main. Vous travaillerez ensemble.
– Moi et… Fauvilles ?
– Parfaitement. Une objection ?

Le commissaire aurait aimé pouvoir dire qu'il avait des objections, oui : Olivier Fauvilles avait l'air d'une oie blanche

– et en était d'ailleurs une ; ils ne travaillaient dans le même service que depuis un mois, il était trop poli, trop jeune ; bref, qu'il ne faisait pas le poids. Il n'en fit rien, bien entendu :

– Pas d'objection.

Les employés de la morgue sortaient les corps, et tout le monde semblait leur emboîter le pas. Le médecin légiste rassembla ses affaires.

– Vous avez beaucoup, beaucoup de chance : je peux pratiquer l'autopsie cet après-midi, à 16 h 30.

– Très bien. Je serai présent – avec votre permission ; j'apporterai le thé et une tarte aux pommes.

Seul le greffier sourit de l'humour amer du commissaire.

C'était fini. Oscar Quethec demanda qu'on scelle le bureau, mais pas les autres pièces, et alla jeter un dernier coup d'œil au salon, puis à la chambre. C'est là qu'il trouva Olivier Fauvilles endormi, assis à une petite table où traînaient, somptueux, des boutons de manchette dorés. Il y avait presque de l'indécence à ce que soit exposée ainsi une telle richesse, il s'étonna que personne n'ait fait le moindre commentaire de toute la matinée. Il remarqua également la qualité du stylo juste à côté – décidément, les Tiers avaient de l'argent. Un bristol de la taille d'une carte de visite était en partie couvert par le stylo. Il se pencha pour lire : « Bon anniversaire, mon amour. » Un cadeau de Madame Tiers à son époux, manifestement. Le commissaire fut presque tenté de caresser l'intérieur du coffret dans lequel venaient se loger les boutons tant il semblait soyeux, mais son adjoint eut un mouvement involontaire dans son sommeil et il s'en détourna.

– Fauvilles… Fauvilles, c'est fini.

L'inspecteur se réveilla d'un bloc.

– Ah, oui ! Désolé, Monsieur le Commissaire, je me suis assoupi.

– Rentrez chez vous. Nous travaillerons ensemble sur cette enquête. L'autopsie a lieu à 16 h 30. Si le cœur vous en dit…

– J'y serai.

Le commissaire prit la direction de la sortie tandis que son adjoint se frottait péniblement les yeux. Il dut s'arrêter dans le hall : il ne voyait nulle part la porte de l'appartement. Ici le séjour, là la cuisine, les toilettes, la chambre, le bureau, une bibliothèque – encore une – mais pas de sortie ! Comment expliquer cette apparente absence ? Et comment avait-il été possible qu'il ne s'en soit pas aperçu plus tôt, alors qu'il avait passé la matinée dans cet appartement ?

– Fauvilles, où est la sortie ?

– C'est là, caché dans les livres. Vous voyez ?

L'inspecteur principal le rejoignit, prit la clenche dissimulée dans les rayonnages et ouvrit la porte. C'est tout un pan de la bibliothèque qui s'ouvrait, laissant un passage entre les livres.

– C'est déroutant, n'est-ce pas ?

– C'est même carrément étrange... Il faut traverser la bibliothèque pour trouver la sortie. Ça me fait penser, tiens... On a trouvé une page de manuscrit sous le cadavre de la femme. Vous pourriez m'aider à chercher des romans policiers dans ces bibliothèques ?

Sans attendre de réponse, il laissa le hall à son adjoint tandis qu'il retournait dans le bureau – obligeant le policier chargé de placer les scellés à retarder sa tâche. L'organisation des rayonnages était aussi scrupuleuse qu'en apparence : les livres étaient classés sous quatre rubriques – littérature, philosophie, art et sciences humaines – chacune organisée selon l'ordre alphabétique des auteurs ou par thématique. Il passa en revue le rayon « littérature » à la recherche d'un titre convenant à un roman policier. Sans résultat. Il survola sans plus de succès les autres rayons.

Dans le salon, il n'y avait de livres que dans un petit meuble, près d'un canapé, mais il s'agissait de guides touristiques, de livres d'architecture et de mode. Aucun roman.

– J'en ai un, Monsieur le Commissaire ! Deux !

L'inspecteur était dans la chambre. Son supérieur maugréa en entendant ce « Monsieur le Commissaire ».

– Ils étaient où ?

– Dans le tiroir d'une table de chevet.

– Celle de la femme ou du mari ?

– Alors là…

Sur la table de gauche, une lampe, un réveil, des lunettes. Sur celle de droite, la même lampe, un magazine, un nécessaire pour lentilles… et un tube de rouge à lèvres.

– C'est celle du mari. Voyons cela.

Il prit l'un des deux livres des mains de l'inspecteur et l'ouvrit à la première page.

Barbara referma soigneusement le tube de barbituriques et le jeta dans la poubelle, sous le lavabo. Puis elle se brossa méticuleusement les dents – pour la dernière, la toute dernière fois, pensa-t-elle… Elle éteignit la lumière et ferma doucement la porte de la salle de bains. Sans plus attendre, elle rentra dans sa chambre. C'est tremblante d'impatience et d'une nervosité que le médicament estompait déjà qu'elle s'approcha de son lit : elle y voyait déjà couchée sa seule compagne, à ses yeux rassurante, porteuse d'espoir libérateur : sa mort. Mourir ! Que…

Il arrêta là sa lecture, referma le livre et s'arrêta un moment sur la couverture.

– *La Vie n'est pas faite pour mourir*. Thérèse Barnes.

– Ça dit quoi ?

– Rien. C'est un navet. Et l'autre livre, c'est quoi ?

– *Treize Meurtres à la douzaine*, d'Ottavo Vitto. Aux éditions du Soupirail.

– Comme ce livre-ci. Bon, prenez les références de ces bouquins puis remettez-les à leur place. Et allons-y.

L'ascenseur redescendit les deux policiers. Dans le hall, Nicolas Castar poursuivait sa garde.

– Vous pouvez fermer l'appartement, Nicolas. Où est Valérie ?

– Chez la concierge.

– Bon. Je vais l'interroger, j'espère qu'elle est en état de répondre à mes questions.

– Je vous accompagne, Monsieur le Commissaire ?

– Non, Fauvilles. Vous, vous rentrez. Et s'il vous plaît, arrêtez de m'appeler « Monsieur le Commissaire ».
– Bien, Monsieur le… Bien. À tout à l'heure.

La loge de la concierge était ouverte ; à l'intérieur, deux femmes et un chien à l'aboiement strident étaient en pleine conversation.
– C'est qu'il est gentil, mon Rikki, il m'accompagne partout dans le quartier et…
Le commissaire passa la porte.
– Madame Jacob ?
Valérie Desbeck introduisit l'enquêteur.
– Voici le commissaire Quethec, madame Jacob, il va vous poser quelques questions, d'accord ?
– Eh bien, oui… Un café, Monsieur le Commissaire ?
Il accepta, par politesse. La concierge se rendit dans la cuisine. C'était une femme entre deux âges. Elle marchait du petit pas de ceux qui évoluent dans des espaces exigus. Son pékinois bondit du fauteuil, vint renifler les bas de pantalon du nouveau venu, puis courut la rejoindre. Valérie se leva de sa chaise.
– Je m'éclipse, je suppose ?
– Oui, très bien. Comment va-t-elle ?
– Elle est plus ou moins remise.

La policière alla prendre congé. La concierge la raccompagna jusqu'à la porte, qu'elle ferma, puis vint s'asseoir à table à côté de l'enquêteur. Le chien retourna dans son fauteuil ; derrière lui, une foule en photos – les proches de la concierge, sans doute – semblait l'entourer comme une cour son roi.
– Quelle histoire, hein ? Pauvre monsieur Tiers…
– C'est donc vous qui avez découvert les corps d'Octave Tiers et de sa secrétaire…
– Oui… J'aurais préféré pas, c'était pas beau à voir.
– Vous pouvez me décrire ce que vous avez vu ?

– Ben, monsieur Tiers complètement immobile sur son fauteuil et par terre, cette femme. C'était sa secrétaire, hein, c'est ça? Un beau brin de fille… On est peu de chose, allez.

– C'est tout?

– Qu'est-ce que vous voulez que je vous dise? Quand j'ai ouvert la porte, j'ai limite tourné de l'œil, je sais même pas comment j'ai fait pour appeler le 101.

– Que faisiez-vous chez les Tiers à sept heures du matin?

– Eh bien… Comment dire? Ça m'ennuie de vous le… Enfin… Parfois – pour rendre service, hein – je m'occupe du ménage de certains locataires. C'est rare, n'est-ce pas, n'allez pas croire…

Travail au noir. Mais le commissaire n'était pas là pour ça.

– Qu'importe. Savez-vous où était madame Tiers hier soir?

– Ils m'avaient dit qu'ils partaient au cap Gris-Nez; ils ont une « propriété » là-bas – c'est pas n'importe qui, les Tiers. C'est pour ça que moi, je suis entrée sans crier gare, je croyais qu'il n'y avait personne. Alors, j'ai ouvert, j'ai les clés, et là…

– Quand avez-vous vu madame Tiers pour la dernière fois?

– Attendez, c'était pour ça, votre question? Vous croyez qu'elle aurait…? Une si bonne femme! Je peux pas le croire! Non mais vous vous rendez compte? Son propre mari! Quinze ans de mariage!…

– Calmez-vous, s'il vous plaît. C'est une question de routine: quand avez-vous vu madame Tiers pour la dernière fois?

– Mais qu'est-ce que j'en sais, moi! Vous m'embrouillez, là, avec vos… Voilà, ça me revient: la dernière fois qu'on s'est croisées, c'est hier, vers… C'était après treize heures. Avec le temps, on connaît nos habitudes, allez… Elle sait bien que mon fils vient manger le mercredi midi. Alors, elle a sonné à ma loge pour voir s'il pouvait l'aider à descendre ses valises.

– Il y a pourtant un ascenseur…

– Il était en dérangement hier: un mécanicien a fait l'entretien entre treize et dix-sept heures – c'est comme ça que je sais quand elle est passée: je suis allé ouvrir au mécanicien d'abord, et, un peu plus tard, c'est elle qui a sonné. Charger ses valises, c'était l'affaire d'un quart d'heure. Après ça, je ne l'ai plus vue.

– Bon. Et comment expliquez-vous qu'aucun voisin n'ait entendu de coups de feu ?

– Ah, ça, c'est normal : avant, le sixième étage, c'était celui réservé aux chambres de bonnes, mais maintenant, il n'est plus occupé. Pour ce qui est de monsieur et madame Syohos, au quatrième, ils sont en vacances depuis la semaine dernière.

– Et les autres étages ?

– Au troisième, c'est un vieux monsieur plus ou moins sourd ; un coup de feu deux étages plus haut, je suis pas étonnée qu'il n'ait rien entendu. Ou alors il s'est réveillé et n'a pas osé bouger – ni même vous téléphoner. Le deuxième étage est occupé par deux hommes, des… Enfin, vous comprenez. Ils sortent toutes les nuits et dorment la journée, c'est une honte. Je ne les vois jamais, il paraît qu'il y en a un qui est disc-jockey ou un truc comme ça et qu'il voyage beaucoup, mais…

– D'accord, d'accord. Et le premier étage ?

– Il est inoccupé, vous n'avez pas vu l'affiche à la fenêtre ? À vendre.

– Et vous, rien non plus ? Vous êtes au rez-de-chaussée, mais tout de même : des coups de feu dans le silence de la nuit…

– Ben, maintenant que vous le dites… À un moment, j'ai eu l'impression d'entendre quelque chose de bizarre, tard le soir, mais je regardais un film et Rikki aboyait. Le temps que je baisse le son de la télé et que je calme Rikki, j'ai eu beau écouter, je n'ai plus rien entendu, alors, j'ai pensé que c'était dans le film.

– Dites-moi, à quelle heure commencez-vous votre service ?

– Je commence à huit heures. Je reste disponible pour les locataires, sauf exception, jusqu'à seize heures. Avec une heure trente de pause à midi, sauf le lundi, parce que je vais manger chez Samantha, ma fille.

– Bon. C'est tout pour l'instant… Je vous remercie.

L'inspecteur se leva pour prendre congé.

– Il a quel âge, votre Rikki ?

– Bientôt huit ans. Comme le temps passe, hein…

Il s'avança vers le fauteuil du chien, mais celui-ci prit peur et détala vers sa maîtresse qui se trouvait déjà dans le hall pour faire sortir le policier. Il n'en fallut pas davantage pour que celui-ci jette un coup d'œil discret aux photos sur la commode. Madame Jacob et sa fille, madame Jacob et des amis, monsieur Jacob bien vivant, madame Jacob et ses deux enfants… Le fils avait un regard qu'il n'aimait pas.

Oscar Quethec était un homme désordonné. Son bureau était jonché de dossiers en attente. Tout traînait là, en piles approximatives. Sous l'une d'elles se cachait le téléphone. Il soupira. La tâche qui lui incombait n'était pas, et de loin, celle qu'il préférait. Il s'assit, sortit ses papiers et composa *le* numéro. Il eut plus de chance que ses collègues plus tôt dans la matinée : cette fois, une femme décrocha dès la première sonnerie.

– Allô, madame Tiers ?

– Non, mais vous avez composé le bon numéro. À qui ai-je l'honneur ?

– Commissaire Quethec. Je souhaite parler à Marie Tiers, s'il vous plaît.

– Bien entendu... Un instant, s'il vous plaît.

Le silence se fit, il visualisa la scène : l'une la main écrasée sur le micro du téléphone, marchant de pièce en pièce jusqu'à la cuisine, ou la salle de bains ou la chambre, qu'importe, puis une conversation à voix basse à propos de lui – le commissaire comment ? – enfin, le téléphone qui passe de main en main, et la fin du silence :

– Allô ?

– Bonjour, Madame, Commissaire Quethec...

– Bonjour...

– Madame, pardonnez ma question, mais... Où êtes-vous actuellement ?

– En France.

– Je dois vous demander de revenir le plus rapidement possible à Bruxelles.

– Mais... Pourquoi ?

– Madame… Ce n'est pas une bonne nouvelle. Votre mari est mort hier soir. Je suis désolé.

Il y eut un long silence, entrecoupé de bruits indistincts, avant qu'enfin on lui réponde :

– Mon nom est Cécile Enjoint. Je suis ici au cap Gris-Nez avec madame Tiers. Nous reprenons la route pour Bruxelles aussi vite que possible. Nous serons là dans… quatre heures, ça va ?

Elle raccrocha sans formule. Il resta un moment interdit, le cornet de téléphone à la main.

– Problème, Oscar ?

Un homme grand et sec se tenait nonchalamment appuyé contre le chambranle de la porte. Il souriait. Un discret pétillement dans les yeux lui conférait un air juvénile et faisait oublier ses tempes argentées et ses traits fatigués. Il semblait être là depuis un bon moment, mais le commissaire ne se formalisa pas de cette intrusion : Georges Van Meerbeeck était plus un ami qu'un collègue.

– Salut, Georges. Non, pas de problème. J'ai une nouvelle affaire : un double meurtre – ou un meurtre et un suicide, ce n'est pas évident. Un homme et une femme. Toujours est-il que je viens d'avoir la veuve au téléphone, pour lui annoncer le décès de son mari.

– Par téléphone ?

– Elle est à l'étranger.

– Tu crois que… ?

– Pour l'instant, je ne crois rien. Je la verrai en fin de journée. Ou demain.

– Demain ? Si tard ?

– Oh, tu sais… On arrive de toute façon trop tard. Le temps de découvrir les corps, de trouver les contacts… Le coupable a presque toujours le temps de disparaître. Mais il laisse des traces. Tu sais tout ça, même si tu as changé de crémerie. On va manger ?

Pour mieux se donner l'impression de rompre la journée de travail, ils évitèrent le repas au réfectoire avec tous leurs collègues. Un petit restaurant proposait ses « Parfums d'Asie » de l'autre côté de la rue ; ils s'attablèrent à l'écart des autres habitués.

– Et la famille, Georges, ça va ?

– Rien de neuf. Toi ? Tu n'as toujours pas fait la conquête d'une grande brune au tempérament volcanique ?

– Toujours rien. Je me demande si je ne vais pas prendre un chien.

– Alors là, c'est sûr, oublie la brune.

– Tu es sur quoi pour le moment ?

– Un trafic de drogue dans les hôtels du quartier européen. Une bande albanaise y écoulerait sa marchandise. De la cocaïne, essentiellement. On creuse… Et toi, ton dossier, là, cette histoire de disparus ?

– Oh, ça, il reste la paperasse, c'est pour ainsi dire fini.

Georges Van Meerbeeck décocha son sourire le plus sarcastique.

– La paperasse… Tu sais quoi ? Un de ces quatre, elle va t'engloutir, ta paperasse non classée ! C'est pas un désert, ton bureau, non, on peut même dire qu'il est plein de monde, mais j'ai quand même peur de te voir disparaître dans les sables mouvants ! Entre deux dossiers mal achevés. Sans rire, fais gaffe. D'autant que le boss t'a à l'œil.

– Ouais, ouais… Mange, ça va être froid.

– Qui fait l'autopsie ?

– Constantin Mailleux, pourquoi ?

– J'aimerais y être. Quelle heure ?

– 16 h 30. Je n'ai jamais su si c'était un fond de curiosité morbide ou une saine volonté de continuer à te former qui te faisait assister aux autopsies.

– Je ne resterai pas toujours aux stups, tu sais. Et les autopsies de ce type sont rares. Mailleux explique peu, mais il travaille bien. Il est méthodique.

– Il m'ennuie.

– Oh, je sais bien que tu ne l'aimes pas. Surtout depuis…

– Ça va, ça va…

– À propos, tu vois toujours Watrin ?
– Aujourd'hui, à 14 h 30.
Georges Van Meerbeeck passa un bras par-dessus la table pour une maladroite accolade.
– Je t'embête, hein ? Je m'inquiète pour toi, c'est tout.

Une heure plus tard, Oscar Quethec entrait dans la salle d'attente de Virginie Watrin. Chaque fois, il avait l'impression de pénétrer dans une photo du catalogue IKEA. Il se planta devant la fenêtre. Une rangée de maisons, trois voitures garées, personne dans la rue… Rien à regarder. Il jeta un œil à sa montre, fit jouer nerveusement les lattes du store vénitien, finit par s'en détourner, s'assit enfin. C'est là, en début d'après-midi, que le sommeil qu'il avait cherché toute la nuit lui tomba dessus sans crier gare : il s'écroula dans les coussins.

Il se réveilla en sursaut. Une femme, la cinquantaine soignée, était assise sur la table basse à côté de lui.
– Bonjour, Oscar. Bien dormi ?
– Quelle heure est-il ?
– 14 h 40.
– Ça fait longtemps que vous me regardez dormir comme ça ?
Elle sourit.
– On y va ?
Il se leva trop vite, dut se tenir au fauteuil un moment pour retrouver son équilibre.
Dans le cabinet, à nouveau, il marqua une certaine réticence à s'asseoir. Il garda sa veste et resta à la porte tandis que la femme prenait place.
– Allons, asseyez-vous. Comme vous le savez, je n'ai aucune envie de vous manger.
Il s'installa à contrecœur. La scène était prête : la psychothérapeute assise devant son patient, ni trop proche ni trop lointaine, ni de face ni de dos, le patient assis ni trop ni trop peu confortablement, et en décor, une pièce aux murs blancs

habillés d'une bibliothèque, d'un portemanteau et de tableaux sans intérêt. Rien qui permette de se détacher du sens que le dialogue allait prendre. L'action pouvait commencer.

– Eh bien, comment allez-vous depuis notre dernier rendez-vous, il y a deux mois ?

– Bien. Très bien.

– Qu'en est-il de ce nouvel…

– Bien. Tout va bien.

Silence. Ils se regardèrent un long moment. Il remarqua qu'elle portait des lunettes – pour autant qu'il s'en souvienne, elle n'en portait pas avant – et que, bien sûr, le sourire avec lequel elle l'avait accueilli avait laissé place à un regard dur. Qu'importe : le sien l'était aussi.

– C'est tout ? Je peux partir ? Vous avez noté que tout va bien ?

– Parce qu'en plus, vous vous fichez de moi ? Quel est le problème ? Que je vous aie surpris endormi ?

– Je…

– Vous voulez vous taire, alors taisez-vous, mais alors, c'est moi qui vais parler. Vous me baladez, Oscar, vous me baladez depuis des mois, des années, et moi, je balade vos supérieurs, je vous couvre parce que j'attends. J'ai toujours attendu de vous une collaboration sincère, une volonté de vous en sortir…

– Vous…

– Ça a mis du temps, au début, mais c'est normal et après six mois, j'ai eu l'impression que nous obtenions des résultats. Maigres, mais réels. C'est pour cela que je n'ai pas clôturé votre dossier, que j'ai demandé plus de temps. On a continué le travail, avec des rendez-vous plus espacés. J'y croyais. Hélas, vous vous êtes progressivement refermé et depuis, j'attends. Je vous attends. Et vous vous fichez de moi ?

– Mais…

– J'ai espéré trop longtemps et aujourd'hui, je vais manifestement être non professionnelle : je vais me laisser me fâcher.

– Je ne…

– « Vous ne » rien du tout ! Cette enquête vous a laminé, Commissaire ! 15 mars 2015 : « Le tueur de la gare du Nord arrêté ! » Vous avez fait les gros titres. Vous avez fait du bon boulot. Mais il y avait cette…

– Je ne vous permets pas de…

– De quoi ? Vous vous endormez dans la salle d'attente et vous me dites que tout va bien ? Je vous prescris des anxiolytiques depuis quatre ans ! Que vous ne prenez pas ! Vous ne vous soignez pas ! Vous êtes insomniaque, et votre état peut vous mettre en danger, vous et vos collègues !

– Pas du…

– Ce n'est pas aujourd'hui que je fais mal mon travail : je le fais mal depuis près de cinq ans !

– Je vais très bien !

– Faux ! Vous le niez, mais vous allez mal ! Et vous irez mal tant que vous le nierez ! Vous…

Debout, en nage au milieu de la pièce, elle avait manifestement épuisé sa colère. Elle se rassit.

– Je… Je suis désolée.

La tempête était passée. Oscar Quethec était resté cloué à son fauteuil tant que les cris avaient duré, mais une fois qu'ils prirent fin, sa réaction fut immédiate : il se leva d'un bond.

Il sortit sans fermer la porte.

Lorsque Georges Van Meerbeeck arriva à la morgue, un peu en avance, il s'étonna de trouver son ami déjà assis dans l'antichambre.

– Je croyais que tu arriverais pile à l'heure, à la limite en retard.

– Le rendez-vous avec Watrin s'est… écourté.

– Oscar, il va falloir à un moment que…

– Laisse tomber, tu veux ?

Quelques minutes plus tard arrivèrent Olivier Fauvilles, le juge d'instruction et le substitut du procureur. Puis les portes de la morgue s'ouvrirent et Constantin Mailleux apparut :

– Entrez, tout est prêt.

Ils passèrent la blouse intégrale obligatoire, qui leur donnait l'air de se rendre à un drôle de bal costumé.

– Ce froid… Je ne m'y ferai jamais.

– De la part de quelqu'un d'aussi glacial que vous, cela m'étonne, Oscar.

Il encaissa sans broncher. Le médecin légiste se mit au travail.

– Je commence par l'homme. Les premières infos du labo sont arrivées.

Le corps d'Octave Tiers reposait, raide, sur la table d'opération. De loin, sa peau sous la lumière du plafonnier était d'une blancheur criarde ; de près, elle prenait une teinte bleue. Tout le monde dans l'assistance était resté debout, comme si s'asseoir sur les chaises installées contre le mur avait été malséant. Détaché du groupe, aux pieds du cadavre, l'assistant du médecin prenait note des actes et des propos de son supérieur.

– La balle a touché le cœur et traversé le corps. La mort a été rapide. L'assassin était presque parfaitement en face de la victime. Ils étaient debout, la balle a été retrouvée fichée dans le mur du fond de la pièce. Je situerais la mort à vingt-deux heures hier ; estimation confirmée par le laboratoire.

Le médecin poursuivit ses observations quelques minutes, puis disséqua le corps à la recherche d'informations supplémentaires. Enfin, il le recousit et le lava.

– À la dame, maintenant.

Le corps nu de Victoria Garcia Borges, raidi par la mort, mettait mal à l'aise les hommes de l'assemblée. Le médecin mit des mots sur ce qu'ils ressentaient :

– Elle est belle, n'est-ce pas ? Mais froide. Et pour toujours. C'est une balle du même calibre qui l'a tuée. Le canon de l'arme était collé au corps au moment du coup de feu. Le cœur a été touché, mais uniquement au bord du ventricule gauche. Blessure grave – fatale, en l'occurrence – mais mort plus lente que l'autre. Et puis surtout, il y a ces coups dans le ventre et le sternum.

De fait, de nombreuses traces bleuâtres tachaient le ventre et la poitrine de Victoria Garcia Borges.

– Notez également la marque au menton et les deux sur la cuisse gauche. Ces coups ne sont pas étrangers à la mort. Certains ont aggravé le saignement. Par ailleurs, souvenez-vous, Oscar, que la main droite reposait sur le ventre avant que nous ne déplacions le corps ce matin.

Le médecin cessa de parler. Il palpa le ventre, concentra ensuite son attention sur le sexe, l'examina…

– Passez-moi le speculum, voulez-vous ?

Le silence dans la salle, déjà pesant, devint oppressant.

– Cette femme était enceinte. De trois mois, environ. Il ne s'agit pas de deux morts, mais de trois. Oscar, donnez donc le seau qui est à vos pieds à votre adjoint, s'il vous plaît, qu'il puisse vomir à l'aise.

Olivier Fauvilles, pâle depuis un moment, affichait en effet tous les signes de la nausée ; il prit le seau des mains du commissaire, fit un pas de côté et remit bruyamment.

– Dé… Désolé.

Sur son front perlaient des gouttes de sueur ; il tremblait légèrement.

– Ça va, Fauvilles, ça va. Reprenez-vous.

L'autopsie ne révéla plus aucun fait notable. Tout le monde attendit que les corps réintègrent la chambre froide pour prendre congé du médecin légiste et de son assistant.

– Vous aurez le rapport rapidement, Oscar. Pour ce qui est de l'identité du père de l'enfant… Pour l'heure, je ne peux évidemment déterminer que son ADN.

Il bruinait. C'était cette période de l'année où le climat hésite entre la fin de l'hiver et le début du printemps. Le gris sur la ville était resté identique depuis le matin, de sorte que les heures semblaient s'être écoulées sans que le temps ne passe. Oscar Quethec dut regarder sa montre pour déterminer la suite à donner à la journée.

– Six heures moins vingt… On a encore le temps d'aller voir la veuve d'Octave Tiers.

– Je vous accompagne, Monsieur le Commissaire ?

– Fauvilles, je…

Il ne finit pas sa phrase : le monde vacillait autour de lui, il n'y voyait plus, il dut prendre appui au mur pour ne pas tomber. Georges Van Meerbeeck s'inquiéta :

– Ça va, Oscar ?

– Oui… Oui.

– Il vaudrait mieux que tu rentres chez toi. Olivier peut…

– Non. Laissez-moi une minute, je… Ça va aller.

– Olivier, allez chercher votre voiture. Et vous conduirez.

L'inspecteur principal jeta un regard d'incompréhension à l'ami du commissaire, mais il n'eut pour réponse qu'une série de grimaces signifiant que les explications viendraient plus tard. Pour l'heure, il devait suivre le mouvement.

Georges Van Meerbeeck l'aida discrètement à rentrer dans la voiture.

– Tu es sûr que ça ira?

– Tout va bien maintenant, Georges, ne t'inquiète pas. À demain.

Durant le trajet, tandis qu'il avalait une barre complète de chocolat, Oscar Quethec informa son adjoint de la façon dont il entendait mener cet interrogatoire.

– Madame Tiers doit être interrogée comme témoin. C'est bien sûr un suspect potentiel, mais nous n'avons aucune charge, aucun indice…

– Juste une suspicion « de principe », en quelque sorte.

– Il s'agira donc d'éviter les questions tendancieuses – je veux dire, les questions qui la mettraient en position de suspect. C'est moi qui interrogerai.

– Et moi, je fais quoi?

– Vous m'accompagnez. Vous prenez des notes. Si vous avez une question, posez-la, mais pas dans le fil de la conversation.

Les lumières étaient allumées au cinquième étage du 64, rue de l'Ermitage. Une femme écarta les tentures lorsqu'elle entendit la voiture de police se garer. Ils étaient attendus. Ils ne durent pas se présenter au parlophone, on leur ouvrit d'emblée.

Au cinquième, la porte de l'appartement des Tiers s'ouvrit dès l'arrivée de l'ascenseur. Ils s'avancèrent:

– Bonsoir Madame, je suis le commissaire Quethec, c'est moi qui vous ai contactée plus tôr dans la journée. Je viens accompagné de l'inspecteur principal Olivier Fauvilles.

– Bonsoir…

La femme qui se tenait dans la demi-pénombre face aux policiers aurait pu se confondre avec mille autres. Les cheveux mi-longs, une silhouette commune, ni petite, ni grande… Aucun trait notable. Très droite dans une robe sombre, elle avait le visage grave, les traits tirés, et dans ses yeux se lisait toute la tristesse du monde. Sans un mot, d'un geste du bras, elle invita les deux hommes à entrer.

Contrairement à sa première visite des lieux, Quethec ressentit toute la singularité qu'il y avait à traverser une bibliothèque pour accéder au hall. Il nota la largeur anormale du chambranle de la porte, elle-même très épaisse, afin de soutenir le poids des rayonnages de livres. D'une certaine manière, la présence de cette bibliothèque rendait solennel le simple fait d'entrer dans l'appartement ; il lui sembla emprunter un passage secret vers un monde différent. Il se demanda si telle avait été l'intention d'Octave Tiers et de son épouse lorsqu'ils avaient conçu cette entrée, mais il n'osa pas questionner la veuve à ce sujet. Par ailleurs, et c'était plus important pour l'enquête, il comprit pourquoi les voisins n'avaient pas entendu les coups de feu dans toute leur intensité : ces murs de papier en avaient nettement atténué la résonance.

Une autre femme était assise dans un fauteuil. Elle les salua d'un mouvement de tête, sans se lever. Du même âge que Marie Tiers, elle ne paraissait pas plus joyeuse. Au contraire, un foulard noir pailleté d'or remonté haut sur le cou lui donnait un air altier et sévère que le croisement strict de ses bras sur le corps n'adoucissait nullement. Le commissaire nota par ailleurs que la peau de son visage semblait par endroits flétrie, comme abîmée ou distendue ; il soupçonna que le port du foulard soit pour cette femme non un accessoire de mode mais un moyen de cacher son cou.

– Asseyez-vous, je vous en prie. Je vous présente Cécile Enjoint. C'est une amie qui… qui me soutient dans ces mo…

La veuve s'arrêta au milieu de sa phrase, manifestement débordée par l'émotion. Un silence gênant se fit dans la pièce.

– Je vous présente mes condoléances, Madame, sachez que…

La veuve laissa échapper un geste d'affliction, ou d'agacement, qui dissuada le commissaire de poursuivre. Il reprit la conversation sur un autre ton :

– Je suis désolé de venir vous déranger maintenant. Vous comprendrez que les circonstances dans lesquelles votre mari est mort m'amènent à vous poser certaines questions. Permettez-vous que je… devant…

– Cécile est une amie intime. Nous avons passé les dernières vingt-quatre heures ensemble. Je n'ai pour elle aucun secret.

– Dans ce cas… Premièrement, pouvez-vous m'expliquer où vous étiez hier soir ?

La veuve rassembla ses forces.

– Mon… Mon mari et moi avions invité Cécile à passer quelques jours dans notre maison de villégiature, au cap Gris-Nez. Pour tout dire, ce n'était pas la première fois. Il était convenu que nous partirions ensemble, en début d'après-midi. Hélas, Octave a eu un empêchement de dernière minute. Une réception à laquelle il pensait au départ ne pas aller, mais finalement… Nous sommes donc parties seules, Cécile et moi. Octave devait nous rejoindre le lendemain.

– Pourquoi ne pas avoir retardé votre départ ?

C'est l'amie qui répondit, sèche :

– Pourquoi ? Nous devons nous justifier ?

– Eh bien, si vous pouviez…

– J'avais une course à faire sur place, dans une boutique qui n'ouvre pas le samedi. L'Atelier du Cap, à Audinghen. Un artisan restaurateur de meubles, il a de beaux tissus. Si vous avez un siège crapaud style Louis-Philippe à recouvrir, c'est l'endroit idéal – je vous emmènerai.

Marie Tiers intervint, en tentant d'apaiser la tension :

– Écoutez, Commissaire, simplement, nous étions contentes de nous retrouver un peu seules, entre amies, vous comprenez ? Quand Octave a annoncé qu'il avait une obligation, qu'il ne pourrait partir que le lendemain, j'ai téléphoné à Cécile. Et nous avons décidé de partir sans lui. J'ai chargé mes affaires dans la voiture…

– C'est le fils de la concierge qui s'en est chargé, n'est-ce pas ?

– Oui… Le fils de la concierge… Puis, j'ai retrouvé Cécile chez elle, où nous avons passé l'après-midi. Elle habite à deux rues d'ici. Et nous sommes parties en début de soirée.

– Je vois. Peut-être avez-vous croisé quelqu'un qui pourrait témoigner de votre présence dans votre résidence secondaire hier soir ?

– Non… Non, nous n'avons vu personne.

– Attends, Marie. Nous avons croisé quelqu'un. En tout cas, il y a une trace de notre présence sur la route, ce soir-là. Tu ne te souviens pas ? Tu as fait le plein en France, à hauteur de… Steenvoorde, je crois. Tu es sortie de l'autoroute juste après m'avoir prêté ton téléphone.

Cécile Enjoint écarta d'emblée toute question de la part des policiers :

– Le mien était à plat et je voulais écouter les messages de mon répondeur, sur ma ligne fixe.

– Merci, Cécile. Oui, je me suis arrêtée à une station-service après la frontière.

– À hauteur de Steenvoorde.

– Je… Je ne sais plus…

La veuve devenait de plus en plus pâle, le commissaire comprit qu'ils n'allaient plus pouvoir rester longtemps. Cela importait peu, l'essentiel était dit ; mieux valait changer de sujet s'il voulait prolonger l'entretien.

– Mesdames, croyez bien que je ne donne pas à ces questions un sens accusateur. Par ailleurs, avez-vous une idée de la raison pour laquelle votre mari a été… Enfin, avait-il des ennemis ? Des gens qui lui en voulaient ?

– Non, Inspecteur, je ne vois pas qui aurait pu en vouloir à Octave. C'était quelqu'un de si…

Nouvelle bouffée d'émotion.

– Bien… Nous avons dû poser les scellés sur la porte du bureau, je suis désolé des désagréments que cela implique. Nous ignorions si votre mari et sa secrétaire…

– Je vous avoue que j'aurais aimé être informée par quelqu'un d'autre que la concierge de la mort chez moi de Victoria.

– Je comprends. Notre coup de téléphone n'était pas… facile. Ni à donner, ni à recevoir. Connaissiez-vous bien Victoria Garcia Borges ?

– Bien sûr. La maison d'édition est une petite structure, je connais tous les employés.

– Vous ne la connaissiez donc pas plus que les autres ?

– Je la voyais plus souvent parce qu'elle était présente à certaines réceptions, et elle venait parfois souper à la maison pour travailler en soirée avec Octave.

– Pardonnez ce manque de délicatesse, mais… à votre avis, que faisait Victoria Garcia Borges chez vous après cette réception ?

Cécile Enjoint voulut intervenir, mais Marie Tiers l'arrêta.

– Laisse, Cécile… Le commissaire fait son travail, c'est normal. Écoutez, j'ignore pourquoi Victoria était avec mon mari. Je vous l'ai dit, je n'étais pas là. Êtes-vous certain que c'était après la réception ? Dans tous les cas, leur présence dans le bureau laisse supposer qu'ils travaillaient, n'est-ce pas ?

Olivier Fauvilles était assis à la droite d'Oscar Quethec ; ce dernier prit garde de ne pas le regarder à ce moment afin de n'exprimer d'aucune façon ce qu'il pensait de cette réponse.

– Bien. Je ne vous dérange pas plus longtemps, Madame.
Marie Tiers raccompagna les hommes de police jusqu'à la porte.

Olivier Fauvilles voulut parler dans l'ascenseur ; son supérieur le coupa net :

– Pas ici. Dans la voiture. Déposez-moi à mon domicile, voulez-vous ? C'est à deux minutes : j'habite rue Anoul, de l'autre côté de la place Fernand Cocq.

Lorsque la voiture fut sortie de son emplacement, Oscar Quethec relança son adjoint.

– Que vouliez-vous dire ?

– Elle a évité de répondre à votre question concernant la mort de la secrétaire dans le bureau.

– C'est juste.

– Et elle a eu une drôle de façon d'expliquer pourquoi ils étaient dans l'appartement. En fait, elle n'a rien expliqué, elle a contré le sous-entendu de votre question. Cela exige un sacré sang-froid.

– Ou d'avoir réfléchi à l'avance à ce qu'elle allait dire. De toute façon, elle nous a donné un alibi – commençons par le vérifier. C'est tout ?

– Cécile Enjoint, l'amie... Qu'est-ce qu'elle avait au visage, à votre avis ?

– Aucune idée. On aurait dit une greffe de peau ou quelque chose comme ça... Je me demande si elle ne portait pas des gants. Et la veuve, qu'en pensez-vous ?

Le commissaire se fit pensif en répondant à sa propre question.

– Elle a quelque chose de spécial. Elle n'est pas belle, mais elle a... du charme. De la classe, et un visage ni beau ni régulier, mais expressif. Elle doit être discrète en société, du genre à s'effacer. Cécile Enjoint, elle, est plus réactive...

Olivier Fauvilles resta dubitatif à l'écoute de son supérieur.

– C'est... Ça a de l'importance ?

– Je ne sais pas. On obtiendra sans problème l'autorisation de relever les communications téléphoniques et les derniers mouvements bancaires sur le compte de Marie Tiers, cela permettra de vérifier sa présence à cette pompe à essence. Par ailleurs...

Le commissaire tendit un bout de papier à son adjoint.

– La concierge dit que l'ascenseur de l'immeuble était en réparation hier, entre treize et dix-sept heures. Voici les coordonnées de la société qui s'en est chargée – elles étaient placardées dans l'ascenseur. Vérifiez ça, s'il vous plaît, on ne sait jamais. Il y a aussi le fils de la concierge. Si on en croit la concierge et Marie Tiers, il serait la dernière personne de l'immeuble à l'avoir vue avant son départ. Il faudra l'interroger. Ah ! On est arrivés, j'habite là.

La voiture de police s'arrêta au début de la rue Anoul.

– Voilà. À demain, Monsieur le Commissaire.

– À demain. Et cessez de m'appeler « Monsieur le Commissaire ».

Il claqua la portière, sortit les clés de son imperméable et rentra chez lui. Il était neuf heures du soir, la nuit était tombée. Trente minutes plus tard, il se couchait. Il était serein : il savait qu'il s'endormirait vite et profondément, comme toujours après une nuit d'insomnie. Il régla le réveil, éteignit, et s'écroula dans les draps.

Le lendemain matin, lorsqu'Oscar Quethec arriva dans le bureau de son adjoint, il le trouva en compagnie de Georges Van Meerbeeck. Le silence se fit à son entrée.

– Bonjour, Monsieur le Commissaire. Vous... Vous avez bien dormi ?

L'inspecteur esquissait un sourire timide et un regard compatissant. Oscar Quethec fusilla son ami du regard : il lui avait manifestement expliqué la raison de son état de faiblesse la veille, à la sortie de la morgue.

– J'ai très bien dormi, Fauvilles. Et par pitié, arrêtez de m'appeler « Monsieur le Commissaire ». T'as pas du boulot qui t'attend, Georges ?

– Te fâche pas, va... Juste pour info : Watrin a téléphoné. Elle voulait te parler. Elle n'a pas laissé de message. Je vous laisse, je vais bosser.

Sur ce, Olivier Fauvilles tourna l'écran de son ordinateur pour donner à voir le résultat de son travail.

– J'ai fait une recherche sur les éditions du Soupirail. Ils ont un site – c'est un peu amateur – où on peut commander leurs livres. Chose étrange : ils ne donnent aucune référence de siège social, aucune adresse où leur écrire. Juste une adresse mail. J'ai consulté les annuaires : aucune trace.

– Via l'imprimeur, peut-être ?

Ils cherchèrent ses références en fin d'ouvrage : l'ouvrage était imprimé en Italie.

– Voilà qui ne nous simplifie pas la tâche... OK. On n'y voit pas plus clair, mais c'est une piste à suivre.

– Concernant la société de dépannage, j'ai téléphoné et effectivement, un technicien a effectué mercredi l'entretien de l'ascenseur de l'immeuble, aux heures dites. Quant au fils de la concierge, il s'agit de Frédéric Jacob, 29 ans, de nationalité belge. Je l'ai facilement trouvé : il est connu de nos services.

– Il a un casier ?

– Non, mais il a eu une adolescence assez agitée. Vandalisme, vol à la tire… Tentative d'escroquerie, aussi. Il a fait deux séjours en I.P.P.J.

– Deux séjours ! Vous savez où il habite, ce jeune homme ? Il travaille ?

– Son dossier ne le mentionne pas, il n'a pas été mis à jour depuis dix ans.

– Donc, soit il est rentré dans le rang, soit il est devenu plus malin et ne s'est plus fait pincer. Pour le retrouver, le plus rapide est de retourner voir la concierge.

– Pourquoi le retrouver, Monsieur le Commissaire ?

– Simplement pour voir confirmée l'heure de départ de Marie Tiers. Et arrêtez de m'appeler comme ça.

– Oui, je… Excusez-moi. Et maintenant, que fait-on ?

– J'ai un mandat de perquisition pour aller jeter un coup d'œil aux éditions Psyché. Vous m'accompagnez ? On fera un crochet par Ixelles : je vous avoue ma curiosité de parler avec ce Frédéric Jacob…

Une affichette avait été collée sur la porte de la loge de madame Jacob, indiquant sobrement : « en congé ».

– Ben tiens.

– Où peut-elle être, à votre avis ?

– Aucune idée. Ou alors… Oui, essayez de retrouver l'adresse de Samantha, sa fille. Ou directement celle de son fils, évidemment. Venez, nous n'avons plus rien à faire ici pour le moment.

Ils se rendirent aux éditions Psyché en début d'après-midi, munis du mandat de perquisition. Ils se garèrent à côté du palais de Justice parce qu'il y avait là des emplacements réservés à la police. Un ascenseur permettait de passer du haut de la ville aux Marolles. Ils se mêlèrent aux touristes dans la file d'attente. Le commissaire était bougon.

– Je déteste cet ascenseur.
– Pourquoi ?
– Il défigure le quartier. Il est affreux.
– Mais bien pratique : on gagne dix minutes de marche. Et puis, les Marolles sont déjà écrasées par l'énormité du palais de Justice, alors…
– C'est bien ça le problème, à Bruxelles : on a tellement saccagé qu'on ne sait plus comment limiter les dégâts. Du coup, on poursuit le saccage.
Le bâtiment dans lequel Octave Tiers avait installé les éditions Psyché suscita par contre son admiration. Il se situait au numéro 193 de la rue Haute, à l'intersection avec la rue du Miroir. C'était un hôtel de maître imposant du milieu du XIXe siècle, tout en pierre bleue au rez-de-chaussée et pierre de France aux étages. Un magnifique escalier en chêne s'imposait dans le hall d'entrée.
– Eh bien, cet homme aimait le beau…
Ils s'avancèrent vers le milieu de la pièce et furent remarqués par une employée installée dans un bureau excentré – l'accueil, manifestement.
– Bonjour, puis-je vous aider ?
– Bonjour, je suis Oscar Quethec, commissaire de la police judiciaire fédérale. Olivier Fauvilles, mon adjoint…
– Ah, bien sûr, on attendait votre visite. Mon nom est Corinne Haumont. En quoi puis-je vous être utile ?
– Nous désirons visiter les bureaux de la maison d'édition de monsieur Tiers et rencontrer les gens qui y travaillent. J'ai un mandat, bien sûr.
– La mort de monsieur Tiers et de Victoria, ça nous a fait un choc, vous savez. Peut-être qu'on ne se rend pas encore vraiment compte. Dire qu'il avait pris congé – pour une fois ! Quatre jours en France. Et ils allaient fêter leurs quinze ans de mariage ! C'est comme si c'était trop beau pour… Mais excusez-moi, je m'emballe et…
Le tour du propriétaire n'avait rien de très intéressant. Le rez-de-chaussée était occupé par l'accueil et une petite

bibliothèque, le bureau du comptable, absent ce jour-là, une kitchenette et des espaces de rangement. La guide remplissait consciencieusement son rôle d'hôtesse, affable, sans exagération. Le commissaire observait, Olivier Fauvilles posait des questions d'ordre général.

– Depuis combien de temps Victoria Garcia Borges travaillait-elle ici ?

– Quatre ans. Elle a été engagée un peu avant moi.

– Savez-vous ce que vont devenir les éditions Psyché ?

– Pas exactement. Dans les faits, c'est madame Tiers qui en héritera, je suppose, mais que décidera-t-elle d'en faire ? Elle passait souvent par ici, et tout le monde l'appréciait. Mais maintenant… on attend la suite.

Le téléphone de l'accueil rappela la réceptionniste à ses devoirs.

– Excusez-moi, je reviens dans un instant.

– Ne vous inquiétez pas, nous pouvons continuer seuls.

– Alors, je vous donne les clés des bureaux d'Octave et de Victoria. Nous les avons fermés, c'est ce qu'il fallait faire, n'est-ce pas ?

L'escalier tournait sur lui-même, large, majestueux, pour mener au premier étage. On avait aménagé sur le palier une sorte de salon, baigné de lumière grâce à une grande fenêtre s'ouvrant sur les jardins intérieurs du quartier. Une balustrade donnait à voir le hall.

Il y avait quatre portes, dont deux ouvertes. On entendait une conversation derrière l'une d'elles. Le commissaire organisa les opérations.

– Occupez-vous des deux bavards, là, j'imagine que ce sont des employés ; de mon côté, je vais jeter un œil dans les bureaux des victimes. Quand vous aurez fini, rejoignez-moi.

Olivier Fauvilles obtempéra.

Le bureau de l'éditeur était aussi en ordre que celui de son domicile, et assez semblable : vue sur l'arrière du bâtiment et le jardin, grande bibliothèque parfaitement classée, table rangée… Oscar Quethec eut la même impression de décor. L'ordinateur était éteint et les tiroirs fermés à clé. Il allait falloir mettre les scellés sur la porte du bureau et examiner tout cela. Un peu distraitement, puis avec plus d'attention, il passa en revue les titres de la bibliothèque. D'un côté étaient rangés les ouvrages publiés par d'autres éditeurs, classés par nom d'auteur; de l'autre, les ouvrages de la maison, classés cette fois par collection. Arts, Histoire, Lettres, Philosophie, Sociologie… Il ne mit pas longtemps à trouver ce qu'il cherchait, dans le dernier rayon, en marge des ouvrages des éditions Psyché: des livres avec une jaquette noire, de format plus petit, publiés aux éditions du Soupirail. Il parcourut les titres: *Le Mystère de la rue Charles-Quint, Nuit noire pour Orlando Gimenez, L'Insupportable Miss Killing, Le Rose est la couleur de ta mort*, et les déjà connus *Treize Meurtres à la douzaine* et *La Vie n'est pas faite pour mourir*. Des titres de romans de gare. Il emporta ceux-ci et quitta la pièce, non sans fermer la porte à clé.

Le bureau de Victoria Garcia Borges se trouvait à côté de celui de son patron. Il était déjà plus humain: des papiers traînaient un peu partout et sur le bureau s'éparpillaient un rouge à lèvres, un carnet de notes, des stylos, des bibelots…

Olivier Fauvilles rejoignit le commissaire.

– J'ai fini.

– Regardez ce que j'ai trouvé chez Octave Tiers. Belle pêche, non?

Il leva les bras pour montrer les livres qu'il avait à la main.

– Et ici?

– Je viens d'entrer. Il y a déjà ce carnet de notes…

Ils fouillèrent les meubles plus avant, sans résultat probant.

– Ah! Vous voilà!

C'était Corinne Haumont, qui s'était libérée de ses obligations. Elle resta dans l'embrasure de la porte.

– Il y a longtemps que je ne suis pas venue ici…

Le commissaire balaya la pièce du regard. Sur le mur auquel était accolé le bureau avait été collée en une ligne impeccablement horizontale une série de clichés photographiques, pour la plupart des paysages de montagnes et de plages.

– Savez-vous de quelle région d'Espagne venait Victoria?

– Catalogne. Elle y retournait deux ou trois fois par an. Mais… Attendez… Il manque quelque chose, ici. Il n'y avait pas ce… trou.

En effet, l'alignement d'images était rompu, laissant un vide d'une dizaine de centimètres.

– On a manifestement retiré une photo. Vous souvenez-vous de quoi il s'agissait? J'en demande beaucoup, j'imagine…

– Attendez! On a fêté l'anniversaire de Victoria il y a quatre mois. Toute l'équipe est venue ici, avec un gâteau, et j'ai pris des photos quand elle a soufflé ses bougies. Et quelques autres en plus, évidemment, avant qu'on descende à la salle de réunion – enfin, je veux dire, la bibliothèque. Laissez-moi une minute, je vais fouiller mon portable.

Elle retourna à l'accueil, bientôt suivie des policiers.

– Voilà, j'ai trouvé. Ici, avec la lumière des bougies, le contraste est trop fort, on ne voit rien du fond, mais sur celle-ci, peut-être que…

La photo montrait des collègues posant, tout sourire, autour de Victoria assise à son bureau; derrière eux s'alignait la rangée de photos complète.

– Il n'y a plus qu'à zoomer…

Corinne Haumont s'activa un bref moment sur son écran.

– Voilà! C'est celle-là, entre la photo de la pinède et celle du village de montagne. Vous voyez? Ce n'est pas très net, mais…

Malgré le zoom, on distinguait le dessin d'une sorte de statue d'où pendait un voile, sur un fond gris bleu.

– Ça, ce n'est pas une photo d'Espagne.

– Non, Monsieur le Commissaire, c'est une reproduction de… Bon sang, je connais cette image! Mais d'où?

– Espérons que ça vous revienne, Fauvilles. Bon, nous n'avons plus qu'à poser les scellés et nous pourrons y aller. J'emporte ces livres. Et ce carnet. Juste une chose, encore, madame Haumont : le nom de Frédéric Jacob vous dirait-il quelque chose ?

– Frédéric Jacob ? Non… Désolée, ça ne me dit rien.

Dix minutes plus tard, une équipe vint poser les scellés et emporter le caisson de tiroirs fermés à clé ainsi que les ordinateurs de l'éditeur et de sa secrétaire. Comme la veille, les deux enquêteurs ne firent le point qu'une fois revenus à la voiture.

– Votre discussion avec les employés, qu'est-ce que ça a donné ?

– Ils étaient deux : Martin Grobert, infographiste, engagé depuis cinq ans, et Didier Piafrit, le correcteur – et traducteur à ses heures – de la maison depuis huit ans. L'infographiste avait un rendez-vous, il a dû partir, j'ai surtout discuté avec l'autre.

– Et ?

– C'est une petite entreprise, tout le monde se connaît. Victoria Garcia Borges n'avait apparemment pas de compagnon ou de petit ami – je dis apparemment, parce qu'il n'en était pas sûr. Il l'a décrite comme assez secrète. Il la trouvait peu sympathique, mais très séduisante.

– Genre femme fatale ?

– Non, il la plaignait presque. Comme si sa beauté avait été un handicap dans ses relations avec les autres.

– Pauvre chérie. Et sa relation avec Tiers ?

– Il a l'impression qu'elle était plus son assistante que sa secrétaire. Ils travaillaient beaucoup ensemble.

– Et ça s'arrêtait là ?

– À son avis, oui. Mais il s'est rappelé un événement, il y a quelques semaines. Ces derniers temps, la relation s'était tendue entre Octave et Victoria. Plus froide. Victoria, surtout, était souvent de mauvaise humeur. Il a surpris une dispute entre eux – sans rien y comprendre.

– Et cette réception à laquelle Octave devait se rendre? Vous avez des infos?

– C'était un drink organisé par De Pond. Il était prévu qu'Octave y aille avec Victoria.

– Bon, eh bien, il n'y a plus qu'à contacter cette société De Pond.

Une enveloppe du laboratoire attendait Oscar Quethec sur son bureau. Dessus, une note: « Les relevés d'empreintes, etc. arriveront en fin de journée, demain au plus tard. » Dans l'enveloppe, deux feuilles: une copie de la page trouvée sous la chevelure de Victoria Garcia Borges – le même texte, cette fois parfaitement lisible – et un compte rendu de son analyse.

– Je vais m'occuper de ça. Vous, Olivier, essayez de rencontrer quelqu'un qui était présent à la réception et, si vous en avez le temps, commencez à éplucher la biographie de la veuve Tiers et de son amie. Et renseignez-vous sur les autres habitants de l'immeuble, on ne sait jamais. Ah oui! N'oubliez pas de demander à un informaticien d'analyser le contenu des ordinateurs. Vous lui confierez aussi le téléphone portable de Victoria et la tablette d'Octave, en espérant qu'il puisse les déverrouiller. Il faudra aussi inspecter le domicile de Victoria. Si j'ai le temps, on ira ensemble.

L'adjoint resta un moment interdit de se voir soudain confier tant de travail.

– C'est tout?

– Pour le moment, oui.

Le commissaire s'assit pour lire le rapport du laboratoire. Le technicien n'avait relevé sur la page que les empreintes de l'éditeur et de sa secrétaire. Les traces de sang provenaient de celui de Victoria. La façon dont elles s'étaient formées laissait penser que cette page faisait partie d'un corpus que, hormis cette page, quelqu'un avait extrait de sous la chevelure après que le sang avait commencé à s'écouler. L'analyse s'arrêtait là. Il prit la copie de la page. En bas à gauche, on pouvait lire le numéro « 24 ». Il se plongea dans la lecture.

putain. Parce qu'il y avait ça aussi dans cette histoire, peut-être même que, si l'on acceptait de regarder les choses froidement, c'en était une des bases. Mais j'en avais rien à foutre, moi ! Pourquoi elle la ramenait, avec ses conneries ? On avait dit pas ça. C'était clair dès le début, c'était dans le contrat. Et un contrat, ça se change pas sans l'accord de l'autre. Cette nouvelle donne, elle me foutait dans la merde, moi. J'aurais préféré ne pas devoir en arriver là, évidemment, je l'aimais bien, cette petite, j'y étais attaché. Mais là, elle me posait problème. Je devais m'en sortir. Et tant pis si pour cela, je devais la tuer, elle n'avait qu'à pas déconner. C'est comme ça un homme, un humain, je veux dire, ça reste un animal : la grande loi, l'ultime, c'est survivre.

Dès que Véra passa à la cuisine, je sortis mon revolver.

– Tu veux du café ? me demanda-t-elle.

– Avec plaisir.

Le ton de ma voix était normal, calme, serein. Parce que j'étais *serein. J'allais tuer Véra, une femme qui me faisait pleinement confiance, et ça ne me donnait aucune émotion. Je n'en revenais pas moi-même. J'étais là, à m'avancer vers elle, et la réalité n'avait pas changé. Rien, pas le moindre signe. Incroyable. Oh, bien sûr, je connaissais cette sensation. Je peux même dire que je la connaissais depuis longtemps. Déjà môme, quand je piquais des pommes, quand je passais outre aux interdictions du père, j'avais cette sensation étrange que* rien ne se passait. *L'étrange, c'est que rien n'est étrange. Parce que la loi, c'est nous, c'est notre peur, c'est la limite qu'on a acceptée. Si on la refuse, la réalité est strictement identique. C'est juste qu'on vit dans un monde parallèle. C'est ça, être criminel : rien. Du moment que les autres l'ignorent, le crime n'existe pas. Il fallait juste ne pas se faire prendre. Je savais cela, je l'avais en moi, au cœur de ma vie, c'était mon quotidien. Mais cette fois, j'allais tuer Véra, Véra que j'avais toujours protégée, toujours aidée, et qui avait toujours été là pour moi. Une complice. Une amie, une compagne, une* sœur. *Et même là… Rien. C'était fascinant.*

Je pensais à tout cela tandis que Véra préparait le café. Je restai une bonne minute ainsi, dans mes pensées, le pistolet pointé dans son dos. Véra allait mourir et ne le savait pas. Elle m'avait ouvert sa porte en toute confiance, et maintenant, posait un des gestes rituels de l'accueil: faire du café. Je suppose qu'elle pensait que j'allais encore tenter de la faire revenir sur sa décision, elle s'y préparait sans doute. À ce moment, dans son esprit, j'étais encore son ami. Avec qui elle était en désaccord, mais son ami. Moi, j'avais décidé de la faire mourir. Je trahissais sa confiance. Quelle différence de réalité entre nous, en cet instant! Et à chaque seconde qui passait, j'étais encore l'ami de Véra… Une balle, une simple balle, un simple geste, et tout basculerait.

Véra allait bientôt se retourner. Il ne fallait pas qu'elle me voie. Je voulais qu'elle parte sans savoir, sans cette image de moi, très calme, le doigt sur la gâchette. Je tirai une balle, une seule, en direction du cœur. Le coup de feu claqua et sans un cri, sans surprise, Véra s'étala de tout son long sur le carrelage de la cuisine. Mort instantanée. Moi, j'étais revenu à la réalité. J'étais un criminel. Et somme toute, cela ne me posait aucun problème. La morale, les sentiments, tout ça… Des excuses. Cette femme était devenue un problème et c'était regrettable, mais la seule solution vivable pour moi avait été de la supprimer, elle et ce foutu

Il laissa tomber le texte sur le bureau et tenta de rassembler ses idées. Si le meurtre était motivé par la récupération de ce manuscrit, la troisième personne présente sur les lieux de crime ferait un excellent suspect. Son existence était quasiment confirmée par les conclusions du labo, mais il n'existait aucun indice sur son identité. Sans doute le manuscrit volé pourrait-il fournir des pistes… pour peu qu'on mette la main dessus.

C'est à ce moment qu'entra Fauvilles.

– C'est le texte trouvé sur les lieux du crime ?

– Oui. Une copie lisible.

– Et… ?

– Et je m'interroge. Mais laissons ça pour le moment. Vous avez du nouveau ?

– À première vue, rien de particulier dans la biographie de Marie Tiers. Par contre, le relevé de ses appels téléphoniques est intéressant. D'abord, effectivement, un appel a été passé de son téléphone portable au téléphone fixe de Cécile Enjoint ce soir-là. Ensuite, quelqu'un l'a appelée le lendemain du meurtre, à 7 h 31.

– Soit moins de 15 minutes après que le concierge eut appelé le 101… Et si vous dites « quelqu'un »…

– … c'est parce que le numéro entrant correspond à une carte prépayée, non un abonnement. Mais je trouverai à qui elle appartient ; aujourd'hui, il n'est plus possible d'acheter anonymement ces cartes.

– Autre chose ?

– Oui : j'ai retrouvé l'origine de cette image manquante sur le mur de Victoria. C'est un dessin de Félicien Rops.

– Vous êtes calé en histoire de l'art, Fauvilles ?

– Pas spécialement, c'est juste que… je suis namurois d'origine. Rops est de Namur, un musée entier lui est consacré, là-bas. L'école nous y emmenait parfois.

– L'école ? Rops faisait plutôt dans la pornographie, non ?

– Pas seulement. Et ici, il s'agit d'une gravure d'une série consacrée aux *Diaboliques* de Barbey d'Aurevilly.

– *Les Diaboliques* ?

– Un recueil de nouvelles. Réalisme décadent, genre romantisme morbide – j'ai parcouru rapidement un site spécialisé…

Fauvilles lui tendit une reproduction de la gravure de Rops. Elle représentait un homme et une femme enlacés sur un socle, auréolés de lumière, derrière le visage d'une femme à la chevelure serpentine – Méduse, assurément – et, au pied du socle, un squelette de femme s'accrochant à la pierre et un serpent gisant la gueule ouverte. À gauche et à droite du couple, le titre : *Le Bonheur dans le crime*. Le commissaire se perdit un moment dans la contemplation de l'image.

– Bien. Et… qu'est-ce qu'on fait de ça ? Vous n'avez rien de plus concret ? Qu'en est-il de la soirée à laquelle se sont rendus Octave et Victoria ?

– J'ai rendez-vous avec un éditeur de chez De Pond. La société est implantée un peu après Wavre. J'ai de la chance : il doit justement dîner avec un auteur à Bruxelles. Il me voit avant, c'est-à-dire dans trente minutes. J'y vais. À tout à l'heure, Monsieur le Commissaire !

Quethec jeta un œil à la biographie de Marie Tiers. Date et lieu de naissance, scolarité, formation, parcours professionnel, situation familiale… Effectivement, rien de bien excitant. Il faudrait creuser un peu plus, étendre les recherches à un cercle de relations plus large… Il prit des notes comme un général dresse un plan de bataille. Son adjoint revint en début d'après-midi.

– Alors, De Pond ?

– J'ai quelques renseignements. Victoria Garcia Borges était bien présente au cocktail, avec son directeur. Et en effet, leur comportement n'était pas normal. Rien qui sorte vraiment des convenances, mais Victoria était manifestement énervée. Elle était assez mordante à l'égard des invités, et particulièrement avec Octave Tiers. Ça a même fini par créer un certain malaise. Apparemment, lui a plutôt cherché à éviter les coups.

– C'est tout ? Personne d'étranger à la réception n'était présent, pas d'inconnu ou, je ne sais pas, quelqu'un qui se serait disputé avec Octave ou Victoria ?

– Il n'a rien dit en ce sens.

– Et à propos des éditions du Soupirail ? Vous avez posé des questions ?

– Ça ne lui dit rien. Mais il fait dans le pédagogique, alors, le polar… Mais vous ne me dites rien de cette page ; c'est sans intérêt ?

– Pas du tout. Simplement, je ne sais pas quoi en penser. Quelque chose m'échappe. Non, en fait, presque tout m'échappe. C'est comme si on était devant la dernière pièce d'un puzzle perdu. On sait qu'elle recèle une parcelle du sens global, mais laquelle ? Et puis… Je crois que ce texte me… dérange.

– On peut l'utiliser dans notre enquête ?

– Ça, oui. La présence de cette page sous le corps de Victoria permet d'élaborer une hypothèse concernant le mobile du crime et la façon dont il s'est déroulé. Mais ce n'est qu'une hypothèse parmi d'autres. À ce stade, il est établi que cette page est extraite d'un ensemble qui a été retiré de sous le corps de Victoria après sa mort. Faire disparaître ce manuscrit pourrait être le mobile. Dès lors, voilà le scénario : Octave et Victoria, Dieu sait comment, sont en possession d'un manuscrit compromettant. Ils reviennent de la réception des éditions De Pond. Une troisième personne, l'assassin, les suit. Ils se réfugient dans le bureau de l'appartement d'Octave. L'assassin pénètre dans le domicile sans laisser de trace – la porte d'entrée n'a apparemment pas été fracturée. Il les tue tous les deux. Pas de témoins. Il s'empare du manuscrit.

– Votre scénario ne prend pas en compte la relation orageuse entre Octave et Victoria, laisse de côté le fait que Victoria était enceinte, l'appel téléphonique plus que matinal à Marie Tiers…

– Vous avez raison, mais ce ne sont que des éléments épars qui n'ont peut-être aucun rapport avec le meurtre. Nous y verrons plus clair avec les résultats du laboratoire. Avec un peu de chance, ils nous éclaireront sur notre troisième larron. Et je voudrais au moins m'assurer que le contenu de ce manuscrit soit assez explosif pour qu'on commette un crime dans le seul but de le faire disparaître.

– Vous avez une piste?

– Pour l'instant, on a ces romans policiers. J'ai l'impression qu'il y a un truc pas net autour de ces polars. Ils font un peu tache dans la bibliothèque d'Octave Tiers. Et vu que la page qu'on a trouvée a tout l'air d'être de ce genre-là…

– Et le carnet trouvé sur le bureau de Victoria Garcia Borges?

– Je ne l'ai pas encore ouvert… Dites, ce n'est pas votre téléphone qu'on entend sonner?

Dans le couloir résonnaient les appels insistants d'un poste proche. Tandis que son adjoint allait répondre, il ouvrit le carnet et en tourna les premières pages. On y trouvait des adresses, des noms et des numéros de téléphone, mais tout était mêlé dans un désordre total. L'organisation alphabétique avait été ignorée. L'adresse se réduisait presque toujours à la commune – Saint-Gilles, Schaerbeek, Bruxelles-Ville – et l'identité au seul prénom, voire aux initiales. Certaines personnes se voyaient attribuer l'un ou l'autre qualificatif: « O. B. Molenbeek – subtil myope 25 ans » ou « Valérie rue du Village – jeune, propre sur elle ». Sur une autre page, on trouvait une liste de courses, sur une autre encore, des références de livres, des phrases inachevées ou barrées, des dessins, des citations d'auteurs. Oscar Quethec, d'abord surpris, éprouva un certain amusement, et même une légère émotion, à parcourir ces pages. C'était comme s'il marchait dans l'esprit, dans le quotidien de Victoria, comme si derrière chaque annotation se cachait un épisode de sa vie. Une phrase retint son attention, qu'il lut à voix haute:

– *Le Bonheur dans le crime…*

C'est à ce moment que revint Olivier Fauvilles.

– L'informaticien viendra lundi matin s'occuper de l'ordinateur d'Octave Tiers. Alors, ce carnet?

– C'est une sorte de bloc-notes. On verra. Victoria y a recopié la phrase de la gravure de Rops. Quant à savoir quel sens y donner…

La fin de l'après-midi se passa dans l'attente de la deuxième partie du rapport du laboratoire. Oscar Quethec tenta de mettre de l'ordre dans les amas de papiers encombrant son bureau. D'abord, le dossier Nerynks. Les dépositions, le rapport balistique… Et les photos ? Il fouilla une pile – elle faillit s'écrouler – sans succès ; il trouva finalement ce qu'il cherchait dans un tiroir, à côté de son arme. La première photo était un gros plan sur un couteau de cuisine ensanglanté abandonné sur une table ; à l'arrière, on devinait un pied nu et divers objets répandus par terre. Il s'assit et s'attarda un moment sur le cliché, le temps de se replonger dans l'enquête. Il mesura soudain combien il lui en coûtait de clore un dossier. Georges Van Meerbeeck avait raison. C'était comme s'il ne parvenait pas à tourner la page. À fermer les portes du passé. Ainsi perdu dans ses réflexions, il faisait défiler machinalement les photos et… c'est dans cet abyme inutile que le trouva le coursier.

Il laissa là les photos ; il n'avait pas avancé d'un pouce dans son classement. Olivier Fauvilles entra dans son bureau.

– J'ai vu passer le coursier…

– Oui, c'est le rapport du labo, j'espère que ça va nous ouvrir une piste tangible.

L'espoir d'une nouvelle piste éveillé par les résultats du labo fut déçu. Il s'agissait d'abord, comme attendu, du relevé des empreintes dans le bureau. Sur la poignée extérieure de la porte, on retrouvait celles des époux Tiers et de Victoria Garcia Borges, ce qui ne leur apprenait rien, mais sur la poignée intérieure et sur la clé, les empreintes les plus lisibles, c'est-à-dire les plus récentes, étaient celles de Victoria. C'était donc elle qui avait, a priori, fermé la porte. Pour ce qui était du bureau lui-même, on n'y retrouvait pas de trace de Marie Tiers – ce qui concordait avec ses déclarations. Les empreintes de son mari se trouvaient en revanche partout dans la pièce. Quant à celles de Victoria Garcia Borges, elles n'avaient été retrouvées que sur le bord de la table en vis-à-vis du fauteuil d'Octave.

En ce qui concernait l'arme du crime, c'était bien avec le revolver trouvé dans la pièce qu'Octave Tiers et sa secrétaire avaient été tués. Sur la crosse avaient été relevées les empreintes de Victoria Garcia Borges, et d'elle seulement. L'arme avait été enregistrée au nom d'Octave Tiers. On avait joint au rapport la demande d'autorisation qu'il avait introduite auprès du vice-gouverneur de Bruxelles-Capitale.

– Ainsi, ce Smith et Wesson était à Octave.

– Quel calibre ?

– Calibre 38.

– Un très vieux modèle. Pourquoi acquérir une arme ? Se sentait-il menacé ?

– Le motif de la demande qu'il a sélectionné dans la liste proposée est « Collection d'armes historiques ». N'empêche que cette arme aurait dû être neutralisée – et ne pas, en plus, être rangée avec ses balles. Maintenant que j'y repense, il y avait une boîte, par terre, dans le bureau… Sans doute celle où il rangeait son arme.

– En fait, pour nous, cela ne change rien. Je veux dire que nous n'avons aucune réponse à nos questions : si Victoria a tué son patron pour ensuite se suicider, d'où vient cette distance entre le revolver et le corps ? S'ils ont été tués par une troisième personne, comment se fait-il que seules les empreintes de Victoria soient sur l'arme et pourquoi l'assassin l'a-t-il laissée au sol à deux mètres du corps ?

– Une chose est sûre : un tiers était présent dans le bureau, pendant ou après la mort d'Octave et Victoria. Et a priori, il a emporté un manuscrit.

– La porte fracturée et les empreintes de Victoria Garcia Borges sur la clé font supposer qu'ils se sont barricadés dans le bureau, non ?

– Vous allez un peu vite, Olivier. On ne sait pas si la porte a été forcée avant ou après le meurtre.

Olivier Fauvilles eut soudain une illumination.

– Dites, puisque la porte de l'appartement n'a pas été fracturée, la troisième personne est nécessairement quelqu'un qui avait la clé : la concierge, un ami proche, un parent... La veuve...

– Et pourquoi pas une personne capable de forcer la porte sans laisser de trace, ou qui serait venue sur place plus tôt pour se faire un moule de la clé ? N'avancez pas trop vite. Il y a bien un moment où toutes ces informations se compléteront et s'aligneront de manière à nous apporter des réponses.

Oscar Quethec consulta sa montre.

– Il est presque sept heures, la journée est finie... Vous avez du nouveau, de votre côté ?

– J'ai fait des recherches sur Cécile Enjoint. Elle est expert-comptable indépendante et habite en haut de la rue des Champs Élysées.

– Elle travaille de chez elle ?

– Apparemment. Par ailleurs, grâce à son adresse, je suis tombé sur un fait divers datant de quelques années : une explosion de gaz à son domicile.

– Voilà qui pourrait expliquer la peau parcheminée de son visage et le foulard...

– Tout à fait. D'ailleurs, le journal à sensation qui a relaté l'info a poussé le voyeurisme jusqu'à publier des photos de Cécile Enjoint avant et après l'accident. Ça va vous intéresser parce que... Regardez celle avant l'accident. On dirait qu'elle est à une soirée mondaine, ou un événement public, je ne sais pas. Vous voyez qui l'accompagne ?

– Mais c'est l'acteur Frédéric Lavant !

– J'imagine que c'est pour lui que le journal avait conservé la photo dans ses archives, mais regardez l'autre homme, à gauche de Cécile Enjoint.

– On dirait... Octave Tiers ?!

– Exactement. Or, cette photo date d'il y a vingt-et-un ans. Ce qui veut dire que Cécile Enjoint et Octave Tiers se sont liés d'amitié bien avant qu'il n'épouse Marie de Tourve.

– Intéressant ! Je ne sais pas si on peut en faire quelque chose, mais ça avance… Bon, si on en s'arrêtait là pour aujourd'hui ? J'espère que l'informaticien trouvera quelque chose d'intéressant dans les ordinateurs. Passez un bon week-end, Fauvilles ; je suis sûr que vous avez autre chose à vivre que cette enquête, pas vrai ? Quelqu'un vous attend, chez vous ?

L'adjoint rougit.

– Eh bien… Enfin, oui… À lundi, Monsieur le Commissaire !

Fauvilles laissa son supérieur maugréer seul sur l'usage détestable de son titre trop ronflant et éteindre les lumières. Il n'y avait plus un bruit dans tout l'étage ; un vendredi soir, c'était normal. En quittant la pièce, Quethec jeta un dernier regard à son bureau. Sur une chaise étaient empilés les romans policiers trouvés aux éditions Psyché.

Il revint sur ses pas pour les emporter, puis sortit pour de bon.

Personne n'attendait Oscar Quethec chez lui. Ni femme, ni enfants, pas même un chat ou un poisson rouge. C'est pourquoi il décida, comme souvent, de souper dans un bistrot de la place Fernand Cocq. Il se gara devant le commissariat de police – on tolérait sa voiture, bien sûr – et rentra Chez Isa. Il y faisait partie des murs : on le salua d'un mouvement du menton, il leva la main ; il prit place à une table du fond et le patron vint lui servir son verre de vin rouge.

– Salut, Oscar, qu'est-ce que je te sers ?

– T'avais pas parlé d'une blanquette, la semaine dernière ?

– Si ; je l'ai faite, elle est bien…

– Va pour ta blanquette.

Il n'y avait pas grand monde. À l'avant, contre la grande vitre et les vieux ficus, les Italiens tapaient la carte. Il resta un moment sans bouger puis se décida à retirer sa veste. En la soulevant vers le portemanteau, il sentit un poids dans la poche droite ; c'était un des livres trouvés dans le bureau d'Octave Tiers : *La Vie n'est pas faite pour mourir.*

Barbara referma soigneusement le tube de barbituriques et le jeta dans la poubelle sous le lavabo. Puis elle se brossa méticuleusement les dents – pour la toute dernière fois, pensa-t-elle… Elle éteignit la lumière et ferma doucement la porte de la salle de bains. Sans plus attendre, elle rentra dans sa chambre. C'est tremblante d'impatience et d'une nervosité que le médicament estompait déjà qu'elle s'approcha de son lit : elle y voyait déjà couchée sa seule compagne, à ses yeux rassurante, porteuse d'espoir libérateur : sa mort. Mourir ! Que cette vie s'arrête, que son calvaire prenne fin, que cette nuit soit la dernière, l'absolue, que demain ne soit pas un autre jour, mais un néant sans fin. Tel était le vœu le plus cher de Barbara, celui qui lui avait donné la force ce matin-là d'affronter la journée à venir. Elle s'habilla d'une nuisette de tulle transparente plutôt sexy, peigna sa longue chevelure noire et même, se maquilla. La mort devait l'emporter dans toute sa beauté. Forte de ce désir, Barbara se réfugia dans les draps blancs comme on se glisse dans un linceul.

Le patron apporta des amuse-gueules et resta bavarder un moment. Oscar Quethec reprit ensuite sa lecture comme il picorait les olives et les morceaux de poivrons : il sauta la fin du premier chapitre, feuilleta le second, s'attarda un peu sur le point fort de l'intrigue, en milieu de bouquin, puis lut intégralement les quatre dernières pages. L'un dans l'autre, son point de vue restait inchangé : Thérèse Barnes avait écrit un navet. Longues descriptions, ambiance très noire teintée de rose, le tout relevé de formules archi-usées. L'histoire n'était pas originale : Barbara, coiffeuse, traîne sa déprime d'échecs amoureux en vagues tentatives de suicide jusqu'au jour où elle rencontre un petit truand, Tino, qui la sort de son morne quotidien. Il la mêle à ses attaques de bijouterie, elle goûte l'ivresse de l'argent facile et des nuits sans matin... et meurt abattue lors d'un braquage qui tourne mal. Du polar lourd. Il mangea la blanquette en tête-à-tête avec le bouquin.

Le repas fini, il hésita à commander un troisième verre de vin, mais s'abstint. Il remit sa veste, paya l'addition et sortit du bistrot avec un geste d'au revoir au patron et aux joueurs de cartes.

Neuf heures et demie. Il marcha vers son appartement. Il faisait étonnamment bon. Pourquoi ne pas faire un tour dans le quartier ? Ne fût-ce que pour se fatiguer un peu. Il descendit la rue Van Aa jusqu'au musée puis tourna vers la chaussée d'Ixelles. Seuls les cafés, les restaurants et les night-shops étaient encore ouverts. Il arriva dans la rue de l'Ermitage. Les clochards installés en journée sur le trottoir longeant le parc avaient abandonné sur un banc des bouteilles vides et des papiers sales. Il s'arrêta à hauteur du numéro 64. Les lampes du salon, au cinquième, étaient allumées. Une lumière jaune, chaude, mais qui ne parvenait sans doute pas à réchauffer l'atmosphère. Il resta là une minute, sans bouger... quand lui vint une idée qu'il jugea intéressante : n'était-ce pas l'occasion de repérer les caméras publiques surveillant le quartier ? Comment n'y avaient-ils pas pensé plus tôt ? Il reprit sa marche en remontant vers l'avenue Louise. En face du musée la Loge, sur la façade du CIVA, il en repéra une. Le modèle était assez ancien. Il tourna à droite, remonta la rue du Couvent et son interminable file des voitures parquées le long du trottoir. Aucune surveillance. La rue de la Croix, elle, était truffée des caméras du complexe hôtelier louant des appartements de luxe. Obtenir ces images-là serait moins facile. Il arriva au croisement avec la rue des Champs Élysées, qui rejoignait la rue de l'Ermitage en pente raide. Là encore, pas de caméra publique. Il remonta vers la place Fernand Cocq via la chaussée d'Ixelles. Sur la place même, étant donné la présence de la maison communale et du commissariat de police, les caméras ne manquaient pas. Trois étudiants discutaient, assis sur un banc, défiant le froid ; ce fut presque la seule trace de vie qu'il croisa. Il finit par rentrer chez lui, non sans un détour par sa voiture pour prendre les romans policiers laissés sur la banquette arrière.

L'appartement d'Oscar Quethec était petit. Ce qu'il fallait pour un homme seul : salon, cuisine, salle de bains, et la chambre au fond du couloir. Un lieu de vie sans charme, mais confortable. Depuis son accession au rang de commissaire, il y a quelques années, il aurait pu s'installer dans un logement plus spacieux, avec jardin, peut-être ; il n'y avait jamais songé. Il tenta de se mentir, de ne pas s'attarder sur cette angoisse qui s'éveilla dans son ventre lorsqu'il ferma la porte derrière lui. La nuit ? Il ferma son esprit à cette question. Il déposa les livres sur le meuble dans l'entrée, ouvrit le placard, y laissa sa veste et ses chaussures, se lava les mains à l'évier de la salle de bains – « ce miroir, il faudra que je le remplace » – puis s'installa devant la télé et zappa de chaîne en chaîne. À peine assis, il fut tenté de se servir un verre d'alcool – un gin, un whisky, n'importe quoi – mais il sut se retenir. Sans doute n'avait-il pas conscience que cette succession de gestes qu'il répétait chaque soir était une sorte de rituel, de cérémonie destinée à apaiser les dieux de l'insomnie et que s'abstenir d'alcool était un sacrifice qu'il leur consentait pour payer son droit au sommeil.

Comme souvent, il n'y avait rien à la télé. Parfois, oui, il tombait sur une émission intéressante, mais cela arrivait uniquement lorsqu'il sortait du lit au milieu de la nuit. À onze heures, il se décida à prendre la direction de la chambre. Il ramassa les livres dans l'entrée et les déposa au-dessus du tas qui jonchait le sol au pied du lit. Lire l'aidait à traverser la nuit blanche. Il lisait n'importe quoi, n'importe comment. Il passait de l'essai politique au roman de science-fiction sans finir l'un avant de commencer l'autre, de sorte que dans son esprit se mélangeaient divers scénarios et argumentaires qu'il ne prenait pas toujours la peine de suivre jusqu'au bout. Lire n'était pour lui qu'une évasion, une manière de quitter ce lit dans lequel il ne parvenait pas à dormir. Une manière, avant tout, de distraire son cerveau de ce à quoi il refusait de réfléchir.

Il se coucha, éteignit la lumière, se gonfla de confiance, et attendit. Rien. Il était fatigué, pourtant. Sérénité, calme… Il garda les yeux fermés et se remémora le dernier film vu au cinéma. C'était sa première technique pour trouver le sommeil. Le principe était de se souvenir de l'histoire, mais surtout, avec le plus de détails possible, des images telles qu'elles se succédaient sur l'écran. Cela marchait parfois : il se perdait dans un décor à cheval avec Clint Eastwood, dans une rue de Paris avec Woody Allen, et s'endormait.

La méthode échoua. Après quarante minutes, il fut quitte pour rallumer la lumière et prendre un livre. *Treize Meurtres à la douzaine*, d'Ottavo Vitto. Sans doute pas très apaisant, mais soit. L'histoire n'était pas meilleure que celle de Thérèse Barnes : Oussama, un jeune d'origine maghrébine, a quinze ans et vit mal la contradiction entre les valeurs que veut lui inculquer son père – musulman conservateur – et le quartier dans lequel ils vivent – les abords de la rue d'Aerschot, où se concentrent les vitrines de la prostitution bruxelloise. Il finit par tomber dans la délinquance et on suit sa descente dans le crime jusqu'à son incarcération pour meurtre à la prison de Forest.

Il interrompit sa lecture bien avant que le scénario ne soit si avancé. Au bout de vingt pages, il fut pris d'une drôle de sensation. Comme si les mots avaient un sens caché. Comme s'il fallait comprendre autre chose, mais quoi ? Il finit par lire ce livre non plus pour s'endormir, mais pour résoudre cette énigme. Sa lecture intégrale, en toute concentration, n'apporta aucune réponse. Il enchaîna avec un autre des polars : *Le Rose est la couleur de ta mort*. Et cette fois…

Derrière sa vitre, perchée en haut de son tabouret en skaï, comme chaque soir, Greta remuait sa poitrine corsetée pour attirer le chaland. Elle venait de prendre la relève, il était vingt heures et elle n'aimait pas ça. En automne, c'est l'heure à laquelle, de l'autre côté de la vitre, le soir tombe et la rue disparaît. La tranche vingt heures-six heures impliquait un face-à-face constant avec son image vulgaire. Vulgaire et travestie jusqu'au dégoût par le maquillage, pour coller au mieux au physique de sex-symbol consommable que voulaient s'offrir les hommes. Ses « amants-minutes », comme elle les appelait.

Il ne voulait pas lire ça. Pas ça. Mais comment s'arrêter ?

Ces sales types, souvent laids, vieux et puants, qui la mataient de l'autre côté du verre et qu'elle ne voyait pas. Pour ça aussi, elle n'aimait pas l'horaire de nuit : elle distinguait mal le visage de ceux qui la reluquaient.

– Bon, ma chérie, je vais acheter des cigarettes, tu veux quelque chose ?

– Non, merci, Patricia, ça ira comme ça.

Greta avait répondu tout en continuant à se peloter outrageusement les seins. Son reflet l'imitait, et il lui parut encore plus répugnant qu'elle.

– T'inquiète, ma jolie, je ne serai pas longue.

Patricia vérifia une dernière fois son maquillage avant de sortir. Déformation professionnelle. Cinq ans, déjà, qu'elles travaillaient ensemble, avec Greta. Patricia la blondinette et Greta la grande noiraude. Elles formaient une bonne équipe, elles se connaissaient bien. Sans Patricia, Greta aurait sans doute craqué depuis longtemps.

Elle se retourna pour étaler en vitrine ses qualités postérieures. « De la belle viande, les gars ! Que du ferme, du rebondi, du sexe ! » Et du fric. Du putain de fric. Elle remua du cul, un petit cul rond comme les bouchons flotteurs de la pêche à la ligne. En tournant la tête pour agrémenter la pose d'une frimousse coquine, elle s'étonna de ne pas voir afficher sur le visage de son double tout le dégoût qu'elle ressentait.

Sans Patricia, elle aurait décroché. Elle aurait peut-être changé de boulot, ou au moins, elle aurait tenté d'approcher les night-clubs, les show-girls, les places mieux payées – et surtout moins exposées.

« Je ne serai pas longue »… Dix minutes, déjà. Greta sentit l'angoisse monter. Et si Patricia avait rencontré le Découpeur ? Ou si le Découpeur passait pour elle ? On ne voit rien dans cette vitre… Décidément, elle aurait voulu ne pas travailler ce soir.

Il n'était plus question de dormir. Il aurait voulu refermer le livre et s'enfuir loin, le plus loin possible, de cette chambre, de lui-même ; il ne put que continuer à lire.

Un homme frappa au carreau.

« Du fric, du putain de fric. Celui-là, je lui fais claquer ses cinquante boules en sept minutes chrono », pensa Greta pour se donner du cœur à l'ouvrage.

Dans la nuit, Greta ne vit pas l'homme sortir de sa manche, discrètement, un immense couteau… À peine entré, le Découpeur le lui plaqua sur la carotide. Il avait besoin *de tuer.*

Il lut chaque mot, chaque page, dans un état second. Il avait percé un voile du mystère entourant la mort d'Octave Tiers et de Victoria Garcia Borges, mais à quel prix! Il finit le livre à deux heures du matin. Alors seulement, il sentit les palpitations de son cœur bondissant dans sa poitrine. Il referma le livre, mais ne put détourner son esprit de l'histoire qu'il racontait.

Le roman s'ouvre sur l'agression de Greta. Quand le couteau est plaqué sur sa carotide, un long flash-back commence. Greta descend dans sa mémoire. Elle se rappelle les débuts de l'affaire, le premier meurtre, les conversations entre prostituées et avec les gens du quartier. En même temps, on suit la police dans son enquête. Elle interroge les filles, relève des traces, des empreintes… Les meurtres se succèdent, la tension monte. La narration reste focalisée sur Greta jusqu'à ce qu'elle se fasse agresser. À ce moment, fin du flash-back. Greta échappe d'un cheveu à la mort : l'adjoint du commissaire, Olivier Tchèque, abat le Découpeur avant qu'elle ne soit tuée. Les évènements sont dès lors racontés à travers le regard du policier : il appelle une ambulance, on emporte Greta à l'hôpital, il va lui rendre visite, l'interroge… Greta le trouble. Elle est belle. Et blessée. Sortie de sa vitrine, sans son maquillage, elle est une femme comme les autres. Lui, c'est le sauveur, le mec super viril et il en pince pour elle.

Il relut les deux dernières pages.

À travers la vitre, il fixait l'invisible dans la brume couvrant ce petit matin d'hiver. Dans le café, le policier et la prostituée étaient les seuls clients. Ils ne disaient rien. Olivier était perdu dans ses pensées. Pourquoi avait-il proposé ce petit-déjeuner à Greta ? Que venait-il chercher ? Questions stupides auxquelles, en réalité, il préférait ne pas répondre. Il désirait cette femme et même, cela dépassait le désir… Mais il était flic et elle, prostituée.

Greta le regardait en fumant une cigarette. Elle le regardait, mais semblait ne pas le voir. Le policier vit ce regard et comprit. Il était son exact contraire, et pourtant, à travers lui, c'est elle qu'elle regardait. « Elle se trouve minable. Minable et dégoûtante », pensa-t-il. « Elle me regarde et se dégoûte. Peut-être même que ça la fascine. Et je ne peux rien y faire. » Après un quart d'heure d'un silence de mort, le policier paya l'addition et ils sortirent. Il faisait froid.

– Au revoir, Greta... Je... Je vous remercie de votre collaboration.

Imbécile, se dit-il à lui-même. Sale flic. Dis-lui, mais dis-lui que...

– Au revoir, Olivier. Ne... Adieu.

Ils échangèrent un dernier regard, très long, puis Greta se détourna et traversa la rue. Olivier la regarda s'éloigner dans la brume. Elle était habillée normalement, un simple jeans, une veste courte. Pour quelques instants encore, elle n'était pas Greta. Il se rendit compte qu'il ne connaissait pas son vrai nom. Elle s'arrêta, prit des clés dans son sac et rentra dans sa maison close. Elle disparut pour toujours.

L'adjoint du commissaire fut félicité pour son acte de bravoure. Pour toute promotion, il demanda son transfert dans une autre brigade. Une brigade qui n'aurait rien, rien à voir avec les rues sombres de la gare du Nord.

C'était son histoire. Olivier Tchèque, c'était lui, et la fille s'appelait... Il se força à dire son nom dans la nuit, même pour rien, juste pour lui :

– Carla.

Cette fiction disait la vérité. Et elle le transperçait de part en part. Il resta interdit une demi-heure encore, puis se leva et alla à la salle de bains. Il ouvrit la pharmacie et prit la boîte de Stilinoctam. Il perça un compartiment de plastique et de métal ; un comprimé tomba dans la paume de sa main. Ce comprimé qu'il refusait de prendre depuis cinq ans. Il l'avala avec deux gorgées d'eau, à même le robinet de l'évier. Son regard croisa son double reflet dans le miroir brisé. « Lundi, je téléphone à Watrin. »

Trente minutes plus tard, il sombrait dans l'inconscience.

Le soleil brillait haut dans le ciel lorsqu'il émergea de son sommeil comateux. C'est avec une certaine panique qu'il chercha sa montre : il était midi et demi et il avait rendez-vous de l'autre côté de la ville à 13 heures Il sauta hors du lit et se prépara le plus vite possible.

Ce n'est qu'une fois assis dans le taxi, face au rétroviseur central, qu'il put contempler les ravages de la nuit : il avait le teint crayeux, les yeux bouffis, le regard trouble.

– Au centre sportif de Woluwe, s'il vous plaît. Vous situez ?

Et cette sensation que le cerveau flottait dans la boîte crânienne, et ce nœud dans l'estomac... Impossible de conduire, évidemment. Il détestait les effets secondaires du Stilinoctam. C'est la raison qu'il s'était toujours donnée pour justifier de n'avoir pas suivi le traitement de Virginie Watrin.

– Oui, je situe. Vous faites quoi ? Du mini-foot ?

– Du mini-foot ? Vous m'avez regardé ?

– Ben quoi ? Du badminton, alors ?

– Et pourquoi pas de l'aviron ? Non, c'est pour mon neveu. Enfin, mon filleul. J'ai promis que j'assisterais à son match de basket.

– Ah, c'est bien, ça, le basket. Moi, mes fils, ils...

Il laissa le chauffeur à son monologue et contempla le défilement du paysage urbain. Le taxi avançait lentement dans les ralentissements de la petite ceinture. Il allait être en retard, comme toujours, lorsqu'il rendait visite dans sa famille.

Il arriva à la fin de la première mi-temps. Il repéra son frère, en bas des gradins, et se fraya un chemin jusqu'à lui. Autant il était élancé, autant son frère était large, presque trapu. Il vociférait des encouragements enthousiastes à son fils :

– Vas-y, Nicolas ! Tire !

Nicolas passa plutôt le ballon à un coéquipier bien placé, qui força le passage vers la raquette et l'envoya danser dans le panier adverse.

– Bien joué ! Allez les Tigres ! Ah, salut, Oscar, ça va ?

Nicolas courait vers son camp lorsqu'il vit son parrain dans la tribune. Il eut un sourire et un geste de la main à son attention. Oscar l'aimait bien. Et aimait bien ses parents. C'est juste qu'il avait l'impression de ne pas être à sa place.

Les deux frères échangèrent les banalités d'usage à la mi-temps, et quelques autres encore après le match, en attendant Nicolas. Ils ne parlaient jamais vraiment, comme s'ils vivaient dans des univers trop éloignés.

– T'as le temps de venir boire un café à la maison ? Véronique a sûrement fait une tarte.

Sa belle-sœur, Véronique, s'arrêta sur son visage.

– Oscar, qu'est-ce qui t'est arrivé ? Ça va ?

– C'est vrai, ça, frangin, t'as une tronche de déterré.

Il répondit avec une voix de cinéma en regardant Nicolas, en ébouriffant ses cheveux.

– Ouaip. C'est que c'est pas toujours drôle, le métier de shérif. On court les déserts, on pourchasse la crapule et on y laisse quelques os. Mais le coyote à foie jaune qui aura ma peau n'est pas encore né, c'est moi qui vous le dis !

Nicolas rit plus fort que les autres, et c'était bien à lui que la plaisanterie était destinée, puisqu'ils jouaient depuis toujours au cow-boy et aux Indiens – et bien sûr, le parrain tenait invariablement le rôle du shérif. Il s'en sortait par une pirouette humoristique ; personne ne revint sur le sujet.

Ainsi se déroula l'après-midi, à passer du temps ensemble sans partager d'intimité. Oscar Quethec s'attarda plus que de coutume chez son frère. Il resta même souper. Il prit congé après que l'on eut mis l'enfant au lit, sans doute parce qu'une fois entre adultes, dans le salon, l'ambiance était différente. Au moment de se quitter, son frère signifia d'une main appuyée trop longtemps sur l'épaule qu'il avait *vu* :

– Prends soin de toi, grand frère.

Quarante minutes plus tard, il était chez lui. L'angoisse qui lui remonta dans la gorge dès qu'il ouvrit la porte ne le quitta pas de la soirée. À l'heure de se coucher, fatigué, las, il choisit la facilité : il alla à la salle de bains et avala un Stilinoctam, en se jurant bien qu'il n'en prendrait pas l'habitude.

Il ne fit qu'un rêve, cette nuit-là, du moins est-ce le seul dont il se souvint au réveil : il marchait dans une rue vaguement familière à la recherche d'un magasin. Mais lequel ? Et pour y acheter quoi ? C'était important, mais il ne s'en souvenait pas.

C'est avec cette sensation de vide qu'il sortit du sommeil. Il resta un moment assis dans le lit. Les rideaux étaient tirés, mais la lumière du soleil entrait dans le couloir par la fenêtre de la cuisine ; la journée serait belle. Il regarda les romans policiers jonchant le sol. « Bon. Il faut que je règle ce problème… » Il se prépara un solide petit-déjeuner, se servit une tasse de café et déposa les livres sur la table de la cuisine.

Au moins un de ces livres racontait une histoire vraie. Il s'agissait à présent de savoir si les autres aussi se basaient sur des faits réels. Et si c'était le cas…

Il fit une lecture rapide des six romans restants. Il ne connaissait aucune affaire se rapprochant d'*Un Aller simple pour la morgue*. Aucune de *L'Insupportable Miss Killing*. Il commençait à douter quand il ouvrit *Un Tueur comme les autres*… Patrick Haemers ! Dans ce roman, il s'appelait Patrice Tameers, mais c'était indubitablement son histoire, des Tueurs du Limbourg à sa mort aux allures de suicide, en passant par l'enlèvement de B.D.V. Le récit de *Nuit noire pour Orlando Gimenez* lui était connu aussi : à la police de Bruxelles, tout le monde connaissait l'histoire de Freddy Descamp – Orlando Gimenez, dans le roman –, inspecteur, dont le frère, Jacques – Eduardo – était un truand notoire. Et personne n'ignorait que quand Jacques tua la femme de Yan de Vögele, un collègue et ami de Freddy, celui-ci dut se dépêcher de retrouver son frère et de l'arrêter avant que Yan, aidé par l'inspecteur Durant, ne l'abatte sous couvert de bévue policière. Tous connaissaient cette histoire, elle dépassait la fiction. Il lut ensuite *Le Mystère de la rue Charles-Quint*; l'histoire ne lui rappelait rien. *Pour argent comptant*, par contre, était manifestement une version romancée d'une autre affaire qu'il connaissait.

Ainsi, sur dix récits, quatre se basaient sur des faits réels. Il allait devoir fouiller les archives pour s'assurer qu'il en allait de même pour les autres, mais son opinion était faite : le manuscrit trouvé sous le corps de Victoria Garcia Borges devait raconter une histoire vraie. Par conséquent, faire disparaître le manuscrit constituait un mobile tangible. Selon cette hypothèse, quelqu'un avait voulu à tout prix garder secrète l'histoire de ce roman. Connaître la trame, c'était donc découvrir l'identité du criminel. Mais de quoi parlait ce texte ? Il alla chercher la copie qu'en avait tiré le laboratoire et la lut à nouveau.

Il s'agissait de l'assassinat d'une femme par un homme au moyen d'un revolver. Octave et Victoria étaient morts à coups de revolver, eux aussi… Le texte était écrit à la première personne. Un homme dont le lecteur suit les pensées s'apprête à tuer une amie : Véra. Il va la tuer de sang-froid – il n'en est manifestement pas à son premier meurtre – et sa réflexion porte sur la morale – ou plutôt, sur l'amoralité : il est dénué de tout sens éthique. « Du moment que les autres l'ignorent, le crime n'existe pas. Il fallait juste ne pas se faire prendre. Je savais bien cela, je l'avais en moi, au cœur de ma vie, c'était mon quotidien. Mais cette fois, j'allais tuer Véra, Véra que j'avais toujours protégée, que j'avais toujours aidée, et qui avait toujours été là pour moi. Une complice. Une amie, une compagne, une « sœur ». Et même là… Rien. C'était fascinant. » Ce dernier mot était particulièrement choquant. Qui était cet homme ? Pourquoi tuait-il Véra ? Quelle était la nature du lien entre les deux personnages ? L'extrait n'apportait pas de réponse à ces questions.

Oscar Quethec s'arrêta sur la fin du texte : « la seule solution vivable pour moi avait été de la supprimer, elle et ce foutu ». Le hasard jouait contre lui : le mot suivant, relégué à la page 25, apportait sans doute un élément crucial. Il déposa la feuille sur le bureau, mais n'en détourna pas le regard. Il y avait autre chose… Il retrouvait cette sensation de sens caché éprouvée à la lecture du deuxième polar. Son instinct lui dictait de ne pas en rester là ; il relut encore une fois la page, sans résultat.

Il fit une pause à midi. Il fut tenté de sortir de son appartement, de manger à l'extérieur, mais il eut du mal à laisser là son travail ; finalement, il ne s'arrêta que trente minutes. Le zèle seul n'expliquait pas cet acharnement. Cette enquête le concernait désormais personnellement.

Il reprit sa lecture. Puisque cette fichue page 24 trouvée sous Victoria était muette, il rouvrit les autres romans.

Il se replongea dans le premier livre qu'il avait lu : *La Vie n'est pas faite pour mourir*. Il était pénible de s'y replonger tant le style de Thérèse Barnes lui semblait fade, mais il s'imposa de rentrer dans le texte. Il releva des tics d'écriture, des sujets, les noms des personnages, des profils psychologiques… Puis il passa à *Treize Meurtres à la douzaine*, d'Ottavo Vitto… Il passa tout à la loupe. Quand il eut fini *L'Amour, la mort et vous* de Thérèse Barnes, il prit du recul. À l'examen, il y avait de nombreuses similitudes de style entre les deux auteurs. Elle était plus rose, lui plus noir, mais question forme, ils abusaient des mêmes formules. Il avait notamment remarqué l'utilisation répétée de l'expression « et même » dans des phrases construites de manière identique, comme « Elle s'habilla d'une nuisette de tulle transparente plutôt sexy, peigna soigneusement sa longue chevelure noire et même, se maquilla. » Ou cette habitude de décrocher « Surtout… » en début de phrase pour marquer une opposition avec la proposition précédente. Comment Ottavo Vitto pouvait-il écrire en italien traduit en français comme Thérèse Barnes, francophone ? Il chercha l'identité du traducteur. En cinquième page de *Treize meurtres à la douzaine*, sous le titre, se lisait : « Traduit de l'italien par Victoria Barcia Gorges. »

Tiens donc! Il observa le nom des auteurs… et comprit enfin. Il y avait Thérèse Barnes, Ottavo Vitto, Boris Vina et Bruno Tabès. Les premières lettres des noms et prénoms étaient toujours les mêmes: B, T, V, G, O! Les initiales des morts, comme par hasard… Lancé sur ces traces, il se pencha sur le relevé des noms de personnages: dans chaque roman, deux portaient un nom dont les initiales étaient tirées des cinq mêmes lettres. Barbara, Bochra – la sœur et première victime d'Oussama – et Odile, la femme de l'inspecteur de Vögele, tuée par Eduardo Gimenez… Toutes des femmes grandes, belles, aux longs cheveux noirs. Comme Victoria. Et des hommes comme Octave…

C'étaient Octave Tiers et Victoria Garcia Borges qui avaient écrit ces romans. Il en fut d'autant plus convaincu lorsqu'il mit en relation plusieurs personnages de différents romans, manifestement inspirés par l'entourage de l'éditeur et de sa secrétaire: la concierge ici, Corinne Haumont là, sans doute, Martin Grobert dans *Un Aller simple pour la morgue* et même, Marie Tiers, caissière de supermarché dans *L'Insupportable Miss Killing*. Les deux tués avaient mis leur monde en scène et sous cet angle, le jeu était comique. Mais il avait fini en tragédie.

Il aurait aimé laisser là son enquête. Il avait cependant écarté de sa lecture *Le Rose est la couleur de ta mort*. Or, pour clore ce volet de l'enquête, il devait l'inclure dans son analyse. Il hésita. Puis en prit une page au hasard… Elle l'absorba immédiatement.

Patricia alla s'asseoir sur une chaise en retrait, près du bar. Cachée là, dans la pénombre, soustraite aux regards des clients – mais pas à celui de Greta, qui l'observait du coin de l'œil –, elle s'abandonna dans la position d'une marionnette disloquée qu'on aurait oubliée au sommet d'une armoire poussiéreuse. Le dos voûté, ses seins retombaient flasques dans le fond du soutien-gorge et son petit ventre – de moins en moins petit, pensa Greta – bombait comme une outre d'eau toujours un peu plus remplie. Malgré le maquillage, de lourds cernes noirs trahissaient sa fatigue ; elle n'avait pas dû beaucoup dormir.

Elle avait le regard de l'absence et n'avait toujours pas pipé mot. Greta connaissait sa collègue, elle savait que dans ces moments-là, le mieux était de la laisser tranquille. Deux bonnes minutes passèrent encore dans le silence, puis Patricia, tout en gardant les épaules tombantes, fouilla dans son sac devant elle, en sortit un paquet de tabac et un briquet, s'alluma une cigarette et, expirant la fumée, soupira enfin :

– Putain de boulot…

Comme amusée par son jeu de mots, elle esquissa un sourire et ses yeux pétillèrent d'une lueur triste. Elle expira une seconde bouffée de cigarette et reprit, dramatique :

– Boulot de putain, putain de boulot… Il a buté Clo. Tu vois ? Clochette. Elle était au carrefour, là-bas, enfin, tu sais, son *carrefour… Il était trois heures du mat'. Il n'y avait plus un client, ou presque, seulement les plus vicieux, les plus tristes, les plus… glauques. Trois heures, quoi. Et il l'a butée. On l'a entendue gueuler jusqu'ici. Y a bien deux cents mètres de distance, mais je l'ai entendue comme si j'étais à côté. Comme si c'était moi qui gueulais… ou toi.*

Greta encaissa le coup sans broncher. Elle s'en était déjà tellement pris, des coups… Elle s'imagina, un soir, face au couteau scintillant, sous la lumière des néons, le couteau de la mort qui hacherait son corps, le réduirait en petits tas qu'un malade répartirait dans des sacs-poubelles. Mais elle s'imagina aussi, un soir, dans cinq ans, dans dix ans, le visage creusé de cernes, comme Patricia, le corps flétri d'avoir trop servi, usé, vieilli, le corps gonflé, le corps d'une femme que les hommes n'aiment pas, mais désirent seulement – et chaque jour un peu moins.

– Un flic va passer pour m'interroger. Qu'est-ce que tu veux que je lui dise ? Eh tiens, le voilà justement…

L'inspecteur adjoint Olivier Tchèque venait d'apparaître de l'autre côté de la vitrine, s'avançant vers la porte sans trop oser regarder Greta.

– Non mais regarde-le… Il est tout gêné. La petite Anne m'a dit qu'il n'était même pas commissaire… À croire qu'ils se foutent de nous. Allez, va lui ouvrir, s'il te plaît, je suis trop crevée.

Greta descendit de son tabouret de skaï rouge et, perchée sur ses dix centimètres de talon, la nudité à peine couverte de trois triangles de tissu noir, ouvrit la porte de la maison close au représentant de la force publique.

Il trouva la force de fermer le livre.

– Je ne sais pas par où commencer. Je pourrais dire que… ça ne va plus. Oh, pas la peine de me dire ce que vous pensez : pour vous, ça fait longtemps que ça ne va pas. Je le savais. Mais tant que je tenais le coup… On ne change pas de position avant d'y être contraint, si ? C'est mon idée, en tout cas. On dépense toujours le moins d'énergie possible. Moi, ça me coûtait moins de nier le problème – même avec les insomnies – que de l'affronter. Mais les choses ont changé, alors, me voilà. Je vous demande une seule chose : je ne veux pas de séances où je parle tout seul avec vous dans mon dos qui dormez. Je veux du répondant.

– Je vois. Du ping-pong, dans ce cas : je vous renvoie vos propres mots, uniquement ceux qui me semblent vous permettre de continuer à réfléchir à votre problème. Je paraphrase pour vous aider à chercher *vos* réponses. Pas de Freud, plutôt un psychothérapeute accompagnateur de changement.

– C'est ça.

– Vous disiez que les choses avaient changé.

– Oui : je ne dors plus. Avant, j'avais des insomnies, mais cela restait contrôlable. Je savais qu'une nuit blanche était suivie d'une fatigue qui m'abattait la nuit suivante. Ce week-end, j'ai dû me résoudre à avaler vos somnifères.

– *Mes* somnifères ?

– Ceux que vous m'avez prescrits. J'avais réussi à ne pas y toucher depuis cinq ans. Je crois que… je ne voulais pas perdre le contrôle. Je craignais – et je crains toujours – qu'avaler ces trucs m'en rende dépendant.

– Je comprends. Et qu'est-ce qui a changé la donne ?

– L'enquête que je mène actuellement. Les morts conjointes d'un éditeur et de sa secrétaire. Ils avaient un drôle de hobby : ils écrivaient ensemble des romans policiers basés sur des faits réels. Et une de ces histoires est la mienne. Je n'arrête pas d'y penser. C'est un mauvais roman, pourtant ; enfin, ça ne change rien à l'affaire : ma vie est racontée dans un polar, qui m'en renvoie une image déformée mais ressemblante. C'est… troublant de vraisemblance, je n'arrive pas à en détourner les yeux.

– Ce roman raconte votre vie ? Toute votre vie ?

– Non, uniquement l'épisode qui m'a amené chez vous : l'affaire du Découpeur.

– Bon ! Les bases sont jetées. En fait, ce sont toujours les mêmes : quelles sont les conséquences sur vous-même de l'enquête sur le Découpeur ? Aujourd'hui, enfin, vous êtes prêt à en parler. Concernant la dépendance au médicament que je vous ai prescrit, le pire serait d'arrêter le traitement d'un coup. Il faut diminuer les doses progressivement. On va étaler ça sur deux semaines. Je vous revois… demain, à la même heure ?

– Oui, j'aimerais en finir vite.

– Je sais.

– Si j'oublie de vous le dire plus tard : merci.

Quand il sortit du cabinet de Virginie Watrin, Oscar n'était pas soulagé de son problème, mais il avait au moins l'espoir de s'en sortir. Il n'était plus seul.

Au bureau, Olivier Fauvilles l'attendait depuis plus d'une une heure.

– Bonjour, Monsieur le Commissaire ! Bon week-end ?

Toujours ce titre insupportable…

– Bonjour, Olivier. J'ai connu mieux… J'ai du travail pour vous.

– Avant tout chose, je dois vous dire que concernant les éditions du Soupirail, j'ai effectué une recherche via la Banque Carrefour des entreprises – ce n'était vraiment pas compliqué, on aurait dû y penser avant. Vous ne devinerez jamais qui en est le propriétaire !

– Osc... Je veux dire, Octave Tiers, je suppose.

Il n'avait pas pu s'empêcher de gâcher son effet ; son adjoint eut l'air si dépité qu'il s'en voulut presque.

– Comment le savez-vous... ?

– J'ai lu les dix romans publiés par ces éditions, et par recoupements et analyses, j'ai conclu qu'Octave Tiers et Victoria Garcia Borges en étaient les auteurs. De là à ce qu'ils s'autoéditent, il n'y avait qu'un pas. Et ce n'est pas tout : quatre de ces dix livres racontent des histoires vraies, que je connaissais. Voici le résumé des six autres, j'aimerais que vous fassiez un tour dans nos archives ; si je ne me trompe pas, vous devriez trouver six dossiers qui y correspondent.

– Bien, Monsieur le Commissaire...

– Arrêtez de m'appeler comme ça. S'il vous plaît. Vous ne préférez vraiment pas « Oscar » ou, au pire, « Commissaire » ?

– Bien, Commissaire. Je me mets au travail. Je voulais vous dire, j'ai des détails sur le Smith et Wesson, calibre 38. C'est une arme qu'on retrouve très souvent dans les polars américains des années 30, 40, 50... C'est le revolver de Philip Marlowe, par exemple.

– Qui ?

– Le héros de Raymond Chandler. Non ? *Le Grand Sommeil.*

– Ah, oui, je vois. Ça explique en tout cas pourquoi Octave y voyait un objet de collection. L'informaticien est là ?

– Il est en train d'essayer de déverrouiller l'ordinateur d'Octave Tiers. Il aura probablement terminé en début d'après-midi. Juste encore une chose : j'ai l'adresse de la fille de la concierge.

– Et c'est maintenant que vous le dites ? Quelle bonne nouvelle ! Si on commençait par ça ?

Trente minutes plus tard, Olivier Fauvilles garait la voiture dans le parking de l'Institut des Arts et Métiers. Lui faisant presque face, de l'autre côté du boulevard de l'Abattoir, la rue Cuerens égrainait ses maisons grises en direction de la Bourse. Les enquêteurs se présentèrent au numéro 41. Samantha Latour, née Jacob, habitait au deuxième étage. Par chance, la porte principale de l'immeuble n'était pas fermée, les policiers purent donc entrer sans se présenter et la surprendre dans son appartement – elle répondit au premier appel de la sonnette, pensant sans doute qu'il s'agissait d'un voisin.

– Bonjour, Commissaire Quethec et Inspecteur Fauvilles. Nous souhaitons parler avec votre mère.

Déjà, elle faisait mine de refermer la porte – « Elle n'est pas… » – mais une voix de femme l'interrompit depuis le salon :

– Qu'est-ce que c'est, fifille ?

Et le chien Rikki offrit quelques aboiements. Les policiers s'imposèrent.

– Bonjour, madame Jacob, vous vous souvenez de moi ? Commissaire Quethec. Nous souhaitons vous poser quelques questions.

La concierge resta un moment interdite, puis se reprit :

– Bien sûr, bien sûr… Fifille, tu peux servir un café à ces messieurs ?

– Ce n'est pas nécessaire, merci, nous ne restons pas. Dites-moi, jeudi matin, après avoir téléphoné à la police, qu'avez-vous fait ?

– Eh bien, j'ai attendu…

– Bien sûr. Mais, tout en attendant, vous n'auriez pas contacté votre fils ?

L'interrogée fit mine de s'énerver, comme pour faire comprendre que toute question était excessive, mais aussi, sans doute, pour masquer sa peur :

– Mais oui, bien sûr, que je l'ai contacté ! Comme j'ai appelé ma fille ! Qu'est-ce que vous croyez, que j'allais rester seule face à cette horreur ?

– Je vois. Et je suppose que c'est lui qui vous a proposé de vous mettre en congé quelque temps, et de venir ici…

Un portable sonna, celui d'Olivier Fauvilles, qui regarda son supérieur avec l'air de lui demander s'il pouvait décrocher. Il finit par répondre à l'appel en sortant du salon.

– Votre fils connaissait bien monsieur Tiers ?

– Comment ? Ça fait des années, maintenant, que plus… Vous n'allez quand même pas lui chercher misère !

Samantha Latour avait pris Rikki dans les bras et jouait l'apaisement :

– Calme-toi, Maman, ça ne sert à rien de crier.

– Est-ce qu'il connaissait bien monsieur Tiers, madame Jacob ?

– Bien, je ne dirais pas… Il le connaissait, ça, oui, évidemment.

– Et est-ce qu'il connaissait Victoria Garcia Borges ?

– Bien sûr que non ! Enfin, je pense qu'ils se sont croisés une fois, dans le hall.

– Vous pensez ?

– Frédéric m'a posé des questions sur elle, si je la connaissais, ce qu'elle faisait ici… Je crois qu'il avait le béguin.

– Et à quand remonte cette discussion ?

– Je ne sais pas, moi. Je dirais… Il y a trois mois, environ.

Olivier Fauvilles revint à ce moment, se pencha vers son supérieur et lui murmura à l'oreille : « C'est Frédéric Jacob qui a contacté la veuve le lendemain du meurtre, à 7 h 31… » Le commissaire ne répondit pas, et reprit à l'attention de la concierge :

– Bien. Je vous prie de nous donner l'adresse actuelle de votre fils.

Personne ne répondit au 120, rue de Flandre.

– Ma main à couper qu'elles lui ont téléphoné… On va lancer un avis de recherche.

– Regardez, Monsieur le Com… Commissaire, regardez, j'ai vu une photo de lui dans le hall de sa sœur, quand je m'y suis isolé, et je me suis permis de… C'est une photo de photo, mais l'image reste fidèle, non ?

– Je doute qu'on puisse l'utiliser telle quelle pour l'avis de recherche, mais c'est déjà quelque chose, et même… Si on poussait jusqu'aux Marolles ?

Dans le hall des éditions Psyché, un ouvrier trouait le mur à grands bruits de perforateur. L'attention des policiers se porta rapidement sur l'homme qui descendait l'escalier de chêne. Il allait sans mallette, sans veste et semblait un habitué des lieux.

– Vous le connaissez, Fauvilles ?

– Non.

– À mon avis, c'est le comptable. Vous vous en occupez ? Moi, je vais voir la réceptionniste.

Corinne Haumont, toujours aux aguets, s'avançait déjà vers eux tandis que Fauvilles apostrophait l'employé.

– Bonjour, Commissaire, que puis-je pour vous ?

– Non, je… Simplement je… Quel boucan, cette foreuse !

Ils se retranchèrent dans le bureau de la réception, dont ils fermèrent la porte ; il vit son adjoint se diriger vers l'extérieur avec le supposé comptable.

– Vous vous lancez dans des travaux ?

– Non, c'est un marbre que monsieur Tiers voulait placer dans le hall d'entrée et, bon, voilà que l'ouvrier vient aujourd'hui seulement…

– L'ouvrier ? Qui est-ce ?

– Xavier De Meuse. Un indépendant à qui on confie les travaux dans le bâtiment. Mais ce n'est pas de cela que vous vouliez me parler, je suppose…

– Non, pas du tout. Je voulais vous montrer le visage de cet homme. L'avez-vous déjà vu ?

Il tendit vers elle la photo de Frédéric Jacob, qu'Olivier Fauvilles lui avait envoyée.

– Bien sûr que oui ! Qui est-ce ?

– Vous le connaissez, à vous de me le dire !

– Pas du tout. Je vous explique… Comme vous l'imaginez, j'ai un travail plutôt… Enfin, c'est assez calme, ici, il ne se passe jamais rien d'extravagant. Les fournisseurs, les rendez-vous avec les auteurs, les envois postaux… C'est pour ça que je me souviens du jour où cet homme est venu ici. Il a traversé le hall sans s'arrêter et s'est dirigé d'un pas décidé vers l'étage. Le temps que je l'apostrophe, il avait déjà un pied sur la première marche. Je l'ai salué, j'ai demandé si je pouvais l'aider – une façon polie de lui faire comprendre qu'il devait passer par moi – mais il m'a prise au mot, m'a dit que non, qu'il était un ami de Victoria et qu'il passait simplement la voir. Je me suis rendu compte qu'il ne s'était pas présenté et… je ne sais pas, il y avait quelque chose de bizarre dans sa façon de me regarder ou sa posture. Il ne bougeait pas de là où il était, au pied de l'escalier, et je me rendais compte que j'allais devoir l'empêcher de monter, Dieu sait comment, mais un livreur est arrivé, garé en double file, pressé, je ne sais plus, j'ai dû m'en occuper et le temps que je revienne, l'autre avait filé. Je suis montée à l'étage quatre à quatre ; je l'ai retrouvé appuyé contre le mur entre le bureau de Victoria et celui de monsieur Tiers, tourné vers moi avec un sourire faux…

– Il vous avait entendue monter.

– C'est l'impression que j'ai eue. C'était un moment très désagréable.

– Vous l'aviez laissé seul à l'étage combien de temps ?

– Je ne sais pas trop… Moins de trois minutes en tout cas.

– Les bureaux étaient ouverts ?

– Le bureau de monsieur Tiers n'est… n'était jamais ouvert en son absence. Celui de Victoria, je ne sais plus si la porte était fermée ou non – mais de toute façon, pas à clé. Vous pensez qu'il aurait fouillé ?

– C'est possible, oui… Et ensuite ?

– Il m'a dit que Victoria n'était effectivement pas là – comme si je l'ignorais, comme s'il était monté vérifier ! – et il le disait avec une pointe d'ironie. Après, tout s'est passé très vite : il a redescendu les escaliers, moi derrière lui, je pense que je lui demandais son nom, rassurée de le voir partir, mais inquiète de sa visite. Il m'a répété qu'il était un ami de Victoria… qu'« elle saurait ». Et il est sorti de l'immeuble comme ça.

– Vous en avez parlé à Victoria ?

– Oui, et à monsieur Tiers aussi, parce que tout de même, c'était une sorte… d'intrusion dans la maison.

– Et ? Sa réaction ?

– Il m'a dit que Victoria lui en avait parlé. Que ce n'était rien de grave, que je ne devais pas m'inquiéter.

– Il s'agit de votre seule rencontre avec cet homme ?

– Oui.

– Et vous avez encore une idée de la date de cette… visite ?

– J'ai mieux : tout ça était tellement étrange que je l'ai notée dans le calendrier. Attendez… Voilà !

Les faits remontaient à deux mois et trois semaines.

– Madame Haumont, vous m'avez aidé plus que je ne pouvais l'espérer. Merci beaucoup.

En sortant du bureau, Oscar Quethec se trouva face au panneau de marbre gris que l'ouvrier venait de finir de fixer. Un texte y était gravé en lettres d'or :

Le miroir, le miroir veut dire que l'on se regarde et est-ce que l'on approuve ce qu'on est ou est-ce qu'on se désapprouve ? Par conséquent, le miroir veut dire : qu'est-ce que vous pensez de vous-même ?

Louise Bourgeois, à propos de *Electric Chair*

Oscar Quethec resta un long moment interdit, désarçonné face au texte. Quel contraste ! À peine avait-il recueilli un témoignage de faits avérés qu'il était ramené, par ce texte, vers la part plus obscure de l'enquête. Où le secret se mêlait à l'intangible et dont naissaient des réflexions, des ressentis, qui le déstabilisaient.

– Monsieur le Commissaire ? Tout va bien ?

– Fauvilles, par pitié !

– Désolé… Et maintenant, que fait-on, *Commissaire* ?

De la rue des Minimes, ils poussèrent jusqu'à la place du Jeu de balle. Pour justifier leur promenade, les badauds faisaient mine de s'intéresser aux nombreuses vieilleries et trop rares trésors exposés sur les étals de la brocante quotidienne. Les marchands, eux, se préparaient à plier boutique : le marché n'était autorisé qu'en matinée ; bientôt, la police viendrait faire sa ronde. Oscar Quethec et son adjoint entrèrent dans un snack ouvert depuis peu, qui dominait la place. Ils commandèrent des frites et des hamburgers – avec un soda, pour digérer toute cette graisse – et s'installèrent à l'étage, à une table qui donnait vue sur la brocante. Olivier Fauvilles résuma son entrevue avec le comptable, peu fructueuse. Son supérieur lui exposa les soupçons qu'il nourrissait désormais à l'égard de Frédéric Jacob.

– Ce type n'est pas net. Il va falloir mettre la main dessus rapidement. D'une façon ou d'une autre, il est lié à cette affaire. Il croise Victoria dans l'immeuble de la rue de l'Ermitage il y a trois mois, il va ensuite fourrer son nez aux éditions Psyché, Octave Tiers l'apprend et fait comme si de rien n'était ; il aide Marie Tiers à descendre ses valises quelques heures avant le meurtre et il la contacte le lendemain.

– Oui, mais Frédéric Jacob a contacté Marie Tiers après que sa mère lui a téléphoné. Cela peut signifier qu'il ignorait alors la mort d'Octave et Victoria.

– « Peut signifier », oui. En tout cas, il sait quelque chose. Je vais lancer un avis de recherche en interne et demander qu'un planton surveille son domicile…

Le téléphone de l'inspecteur vibra tandis qu'ils finissaient les frites.

– C'est l'informaticien. Il a fini.

Trente-cinq minutes plus tard, après avoir traversé un centre-ville saturé de voitures et de chantiers, ils étaient de retour dans les bureaux de la police judiciaire. Un mot attendait Olivier Fauvilles sur sa table de travail, griffonné à la hâte : « Impossible de t'attendre plus longtemps, désolé. Vous pouvez éteindre l'ordinateur sans problème. Utilisateur : Administrateur et Mdp : OT123. N'hésite pas à me téléphoner si besoin, K. ».

– « K. » ?

– Koen Janssens.

Sur une table à côté, l'écran de l'ordinateur d'Octave Tiers brillait de tout le bleu impersonnel de son bureau.

– C'est moi qui m'y colle pour commencer, Fauvilles, ça vous va ?

– Dans ce cas, je descends aux archives.

Oscar Quethec fit le nécessaire pour qu'un policier soit dépêché à la rue de Flandre, puis s'installa face à l'ordinateur d'Oscar Tiers.

Sur le bureau, aucun dossier. Seules trônaient, dans le vide, la corbeille et les icônes des programmes habituels. Le commissaire esquissa un sourire ; il commençait à se familiariser à la logique de l'éditeur : c'était trop propre pour être net. Il ouvrit d'emblée le disque C. Là s'égrainaient de nombreux dossiers : « autos », « autres », « bâtiments », « comptabilité », « divers », « employés »... Il essaya « divers », prometteur, mais qui se révéla sans intérêt. « Manuscrits » semblait ne reprendre que les textes publiés aux éditions Psyché ; il aurait été surpris d'y trouver les textes des éditions du Soupirail. Et si Octave Tiers avait mis ces textes, bien protégés, dans le Cloud ? La chance sembla lui sourire lorsqu'il ouvrit le dossier « autres » : il contenait un document intitulé « C » reprenant une liste de numéros précédés d'une ou deux majuscules. Manifestement des initiales et un numéro de téléphone. « C » pour « Contacts » ? Il s'efforça d'en lire chaque ligne, s'accrochant à l'idée que, comme dans les romans policiers, malgré l'apparente inutilité de sa tâche, il finirait par trouver une parcelle du sens qu'il cherchait. Que cachait Octave Tiers? Quel était le mystère tapi au creux de tous ces livres, de toutes ces pages, et qui l'avait tué? Était-ce un crime, un vice, une faute inavouable? Il finit par trouver un numéro familier. Il l'avait déjà lu. C'était… dans le carnet de Victoria. Il le sortit du tiroir de son bureau et commença ses recherches. Après quelques minutes à fouiller dans le capharnaüm de notes en tous genres que recelait ce carnet, il trouva enfin ce qu'il voulait. Le numéro était là aussi précédé d'une initiale et repris dans une assez longue liste. Il la compara à celle d'Octave: beaucoup de numéros se répétaient, mais celle de Victoria était plus longue. Dans celle d'Octave, un autre numéro ne lui était pas inconnu:

L.*: 02/816.81.51*

Il dut se creuser la tête pour se rappeler comment il le connaissait… 8-1-6, 8-1-5-1… L. comme… Luc! Luc Meutlant. Un indicateur. « Luc… Luc-le-pourri. » Il renseignait la police – et ces écrivains du dimanche, manifestement. Manque de chance: il l'avait connu cinq ans plus tôt, derrière la gare du Nord…

Le commissaire Van Meerbeeck passa à ce moment dans le couloir, une tasse de café dans les mains, manifestement en pause.

– Eh, Georges!

– Salut, Oscar!

– Dis-moi, les numéros de cette liste, tu connais?

– Tu me donnes une minute?

Il retourna dans son bureau, mais en revint rapidement.

– Le premier, là, c'est Serge Giroul, un indic – ça reste entre nous, hein… Il crèche à Saint-Gilles. Un ancien maquereau, un peu escroc… Il a fait de la taule, puis il s'est rangé. Le cinquième, R., c'est Raphaël Carta, aussi un indic, plutôt dans mon secteur d'activité… Les autres, je ne sais pas. Content?

– Plutôt, oui! Je vais devoir les interroger, tu peux les contacter?

– Si tu me promets de ne pas les bousculer, oui, pas de problème…

– Promis. Tu me connais…

– Justement.

L'après-midi toucha à sa fin sans qu'Oscar Quethec trouve le courage de contacter Luc Meutlant. La journée n'avait-elle pas déjà été assez lourde de révélations et d'émotions ? Il préféra mettre de l'ordre dans ses idées en le jetant sur papier. Pourtant, il n'était pas encore arrivé au bout de sa fatigue : sur le coup de 17 h 30, alors qu'Olivier Fauvilles venait de prendre congé, le policier posté rue de Flandre téléphona pour annoncer qu'il rentrait au bureau… en compagnie de Frédéric Jacob.

Le commissaire descendit au rez-de-chaussée pour réserver une salle – une de ces pièces impersonnelles, souvent dépourvues de fenêtres, dont l'enquêteur comme l'interrogé, invariablement, sortaient avec la sensation d'y avoir passé la nuit.

Dès le premier regard, le premier sourire, on reconnaissait chez Frédéric Jacob cette ironie qu'avait évoquée Corinne Haumont. C'était un homme jeune et bien bâti, avec un visage d'ange blond marqué par les premiers traits de la trentaine – une mâchoire allant s'élargissant, des cernes qu'une nuit de sommeil n'efface plus parfaitement. À voir le détachement qu'il affichait en prenant place sur sa chaise, le commissaire mesura combien il allait lui en coûter de conserver son calme.

– Monsieur Jacob, vous êtes la dernière personne à avoir discuté avec Marie Tiers avant son départ pour le cap Gris-Nez, le jour de l'assassinat de son mari.

– Et de Victoria, sa secrétaire.

– Vous êtes bien informé.

– Vous connaissez les mères, Commissaire, et vous connaissez la réputation des concierges !

– Je vois que cela vous amuse.

– C'est-à-dire que je ne me sens pas très concerné. Vous voulez me voir, je viens, mais…

– Le fait est que vous avez téléphoné à Marie Tiers le lendemain du meurtre, aux aurores.

– Oui, je me suis souvenu que nous avions laissé un sac chez elle, et ça me préoccupait. Je craignais qu'elle s'inquiète.

– Quelle prévenance… Attendez-moi, je reviens dans un instant.

Oscar Quethec retourna à son bureau, ramassa un dossier et redescendit aussitôt auprès de son témoin.

– Voilà. J'ai ici des photos de l'appartement prises plus tard dans la matinée.

– Eh bien, vous voyez : dans le hall, un sac de voyage bleu.

Le commissaire trouva au bagage un air narquois.

– Hmm… Connaissiez-vous Octave Tiers ?

– Bien sûr ! Je rends régulièrement visite à ma maman, vous savez.

– Et Victoria Garcia Borges ?

– Eh bien, figurez-vous que oui. Nous nous sommes même aimés, autrefois. Quelle surprise de la revoir dans cet immeuble !

– Intéressant. Combien de temps, ce couple ? Il y a longtemps ?

– Oh, au moins quelques nuits… Il y a cinq ans, je dirais.

– Et pourquoi la visite impromptue aux éditions Psyché ?

– Ah, parce que vous êtes au courant de ça ? Bravo ! Eh bien, c'est tout simple : j'avais envie de la revoir, Commissaire ! Victoria n'est – pardon : n'était – pas une femme qu'on oublie facilement…

C'était fini, et le policier le savait. La présence du sac de voyage dans le hall l'empêchait d'avoir la prise qu'il espérait. Frédéric Jacob lui échappait.

Après avoir libéré le fils de la concierge, il remonta à son bureau et décrocha le téléphone. Il voulait en avoir le cœur net.

– Allô ?

– Bonsoir, Madame Tiers, Commissaire Quethec à l'appareil.

– Ah, bonsoir, Commissaire. Que… Que se passe-t-il ?

– Juste une question. Vous avez reçu un coup de téléphone très tôt, le lendemain de…

– Oui. De la part du fils de Madame Jacob, la concierge.

– Il était 7 h 31…

– Si tôt ? Je ne m'en souviens pas, j'étais à moitié endormie.

– Pourquoi téléphonait-il ?

– Attendez… il m'a sortie de mon sommeil, je viens de vous le dire, je ne sais plus pourqu… Ah si ! C'était à propos d'un sac qu'il n'avait pas chargé dans mon coffre, je crois.

Comment une journée qu'il avait pressentie fructueuse pouvait-elle s'effondrer à ce point ?

Le lendemain matin, en arrivant sur son lieu de travail, Oscar Quethec trouva enfin le courage de s'imposer ce qui le répugnait la veille : il contacta son ancien indicateur. Il laissa sonner douze fois, sans résultat – un soulagement.

À neuf heures et demie, ponctuel, il était chez la psychologue. Il se lança sans attendre en lui lisant le texte qu'il avait, la veille, photographié dans le hall des éditions Psyché.

– C'est comme s'ils se fichaient de moi. D'abord le bouquin, et maintenant ce texte. Je ne suis pas idiot, je sais bien que cela ne m'est pas adressé ; n'empêche, je me prends tout dans la tronche. Ce type est vraiment vicieux.

– Qui ?

– Octave Tiers. Le maître de la fausse innocence. Il trouve la citation d'une artiste qui parle des miroirs, et elle en dit quoi ? Qu'ils nous renvoient à nous-mêmes, comme juges de nous-mêmes. En toile de fond, évidemment, les éditions Psyché. « Psyché », pour renvoyer simultanément aux deux sens, « miroir » et « âme ». Mais comme c'est malin, mais comme c'est subtil… La plupart des gens ne donneront pas à ces mots tout leur sens, ils n'y verront qu'une pose, une convenance. Ils s'arrêteront juste sur « que pensez-vous de vous-même ? », qui appelle l'introspection plus que le jugement. C'est là qu'il se fiche de nous, comme dans les romans policiers. Il faut toujours lire entre les mots.

– Que vous voulez-vous dire ?

– C'est dans le texte trouvé sur les lieux du crime. Attendez, j'en ai un scan sur mon portable. Voilà… Ce sont les pensées d'un tueur au moment où il va tuer une amie proche : *Parce que la loi, c'est nous, c'est notre peur, c'est la limite qu'on a acceptée. Si on la refuse, la réalité est strictement identique, exactement. C'est juste qu'on vit dans un monde parallèle. C'est ça, être criminel : rien. Du moment que les autres l'ignorent, le crime n'existe pas.* Et plus loin : *J'étais un criminel. Et somme toute, cela ne me posait aucun problème. La morale, les sentiments, tout ça… Des excuses.* Vous commencez à voir où je vais ? Ces textes se font écho. Ils s'opposent, en fait. Je me demande si Marie Tiers a bien compris ce que ce texte signifiait et, à travers lui, ce que son mari disait.

– Ce n'est pas la première fois que vous enquêtez sur une personne… moralement louche, disons. Et ces précédents ne vous ont pas empêché de dormir. Pourquoi est-ce un problème cette fois ?

– Parce qu'il a écrit…

– « Il a » ?

– Ils *ont* écrit un roman sur moi. Je veux dire, une histoire qui me concerne de très près.

– Et vos nuits ? Ça va ?

– Non. Je diminue les doses du somnifère et il ne fait plus aucun effet. J'en suis à deux nuits presque sans sommeil.

De retour au bureau, le commissaire descendit aux archives. Il arpenta les rayonnages et retrouva son adjoint au fond du dédale de poussière et de néons.

– Alors, cette pêche aux trésors, ça avance ?

Couché sur des piles de fardes, le bras perdu à farfouiller dans un amas de dossiers, l'adjoint avait l'air d'un obstétricien en train d'extirper d'un ventre monstrueux un bébé qui n'aurait pas trouvé la sortie.

– Bonjour, Monsieur le Commissaire, j'ai déjà cinq dossiers et… voici le sixième. Pour *L'Insupportable Miss Killing*, voici l'affaire Kobbact ; pour *Le Mystère de la rue Charles-Quint*, l'affaire Agneessens ; *Un Aller simple pour la morgue*, c'est l'affaire Camisa ; et *Treize Meurtres à la douzaine…*

– D'accord, Fauvilles, d'accord. Pour l'instant, il me suffit de savoir qu'une correspondance existe entre chaque livre et une affaire criminelle. Nous pouvons sérieusement considérer le vol du manuscrit comme un mobile potentiel des meurtres. J'ai retrouvé dans le carnet d'adresses de Victoria et l'ordinateur d'Octave des listes qui correspondent aux coordonnées d'indicateurs. Si on trouve celui qui leur a livré le sujet de leur dernière histoire…

Il contacta Luc Meutlant lorsque son adjoint eut quitté le bureau. Une voix épaisse se fit entendre après trois sonneries.

– Allô ?

Il n'avait jamais aimé cet homme et n'avait aucune envie d'être poli.

– Luc… Luc Meutlant… Luc-le-pourri…

L'homme au bout du fil resta silencieux un moment. Il cherchait comment réagir et, pour cela, qui l'appelait. Quand il identifia son interlocuteur, il décida d'éclater de rire.

– Mais c'est Oscar Quethec ! Ha ha ! L'inspecteur Oscar Quethec ! En voilà une surprise ! Ça fait un bail qu'on ne vous voit plus dans le coin. Quatre ans au moins ! Et que me vaut l'honneur ?

– Arrête ton cirque, Luc. Octave Tiers, tu connais ? Et Victoria Garcia Borges ?

– Possible… Ouais, ça se pourrait bien.

– Bon, alors je t'attends dans mon bureau, dans une heure.

– C'est-à-dire que… Je ne sais pas… Une visite chez vous, c'est pas très bon pour mon image de marque, vous comprenez…

Le commissaire n'avait pas le choix, et il le savait.

– OK. Où ?

– Mais ici, évidemment, à la rue d'Aerschot. Pas besoin de vous indiquer le chemin. Rendez-vous dans deux heures, quelque part sur le trottoir. À tout à l'heure, Inspecteur !

Il raccrocha, vert. Salopard. Et impossible d'envoyer Fauvilles à sa place. Il n'avait plus qu'à s'exécuter.

Une demi-heure avant qu'il ne parte au rendez-vous, son adjoint vint le voir.

– L'informaticien est revenu et travaille sur le portable de Victoria : récupération des messages, si possible de la boîte mail... Vous avez une demande spécifique ?

– Non. En revanche, s'il pouvait s'occuper aussi du téléphone d'Octave... À propos, vous avez pu contacter ses proches ?

– Franchement, Monsieur... Oscar, il...

– Monsieur Oscar, maintenant ? Fauville, vous ne m'aurez rien épargné ! Et donc, pour Oscar – enfin, je veux dire, pour Octave, vous avez quoi ?

– Pas grand-chose, en fait. Beaucoup de contacts professionnels, peu d'amis. J'ai bien deux noms d'amis plus proches – Lucien Cristo et Gilles Roulessat – mais ils sont à l'étranger. Marie Tiers les a contactés avant moi, ils sont très affectés par la disparition d'Octave. Je leur ai demandé s'ils connaissaient Victoria Garcia Borges ; la réponse de l'un comme de l'autre a été négative. Ils seront présents à l'enterrement d'Octave, ce sera l'occasion de les interroger.

– Bien... Bon, moi, j'ai un rendez-vous, je dois y aller.

Mais à peine sorti de son fauteuil, Quethec y retomba lourdement, à la surprise de son adjoint.

– C'est rien... Chute de tension...

– Je peux vous aider ?

– Surtout pas ! Je veux dire : non merci.

– Je peux vous accompagner si vous le souhaitez, ou y aller à votre place ?

– Ça, n'y pensez même pas. Non, je vais me mettre en route.

Mais il ne bougea pas, immobilisé par la faiblesse de ses jambes et un léger tournis. Les effets secondaires de ce fichu somnifère et de ses nuits trop courtes. Impossible de marcher jusqu'à la gare du Nord ; impossible aussi de conduire. Et il enrageait de voir son adjoint toujours présent dans son bureau, plongé dans son dossier pour se donner une contenance, mais le scrutant en réalité comme s'il était malade.

– Dites-moi, Fauvilles, c'est Georges qui vous a chargé de veiller sur moi ?

– Oui, euh, c'est que… Il se… Monsieur… Vous… C'est pour…

– Merde, Fauvilles, enlevez donc ce balai de votre cul !

L'heure du rendez-vous serait bientôt dépassée, il allait être en retard.

– Et zut… Bon, OK, conduisez-moi. On y va à mon rythme, mais vous ne me soutenez en aucun cas, c'est clair ? Ou alors, je vous jure que…

– C'est très clair, Monsieur le Commissaire.

– Et arrêtez de m'appeler « Monsieur le Commissaire », bon sang !

Ils mirent près de dix minutes à quitter l'immeuble. Dans sa voiture, il engouffra une barre chocolatée et un berlingot de jus d'orange – il s'en était fait une réserve dans la boîte à gants.

– C'est dans la rue d'Aerschot.

– Quoi, chez les… les prostituées ?

– C'est ça. Prenez la rue de Brabant, puis à gauche. On va commencer par le côté gare.

Olivier Fauvilles avançait au pas sans trop oser regarder les vitrines ; Oscar Quethec tentait de mobiliser ce qui lui restait d'énergie pour l'entretien qui s'annonçait. Luc Meutlant n'était pas là.

– Il est de l'autre côté. Reprenez la rue de Brabant, repiquez à gauche, mais cette fois, tournez ensuite à droite.

– On cherche qui, en fait ?

– Un homme qui a renseigné Octave et Victoria pour leurs romans.

Les souvenirs lui revenaient au fur et à mesure qu'ils avançaient dans la rue. Il tenta de fermer son esprit, sans grand succès. Ça s'annonçait mal.

– Il est là ! Garez-vous à gauche.

Luc Meutlant s'était posté tout au bout de la rue. Lourd de ses cent vingt kilos et sans doute déjà à moitié ivre, il était adossé à la portière d'une voiture. Il reluquait avec un air narquois et vicieux les filles dans une vitrine – qui, en réponse, lui adressaient doigts d'honneur et moues méprisantes.

– C'est lui, là ? Qu'est-ce que les femmes lui veulent ?

– Elles veulent qu'il parte. C'est une mauvaise pub pour elles, ce gros tas déposé là. Faut dire aussi qu'il les nargue...

Il respira un grand coup et sortit de la voiture. Il n'eut pas le temps de dire à son adjoint de l'attendre à l'intérieur que celui-ci était sur le trottoir et fermait les portières.

– Non, Fauvilles, vous, vous...

– Ah, vous voilà enfin !

Trop tard. Luc Meutlant traversait la rue pour les rejoindre.

– Par ici, Inspecteur !

– Commissaire, Luc, Commissaire. Les choses changent tout de même un peu, en cinq ans, même si toi, tu es toujours vautré dans le même quartier.

– Allez, vous m'offrez un verre et je vous raconte tout. Comme au bon vieux temps !

L'indicateur aurait pu fixer le rendez-vous au café, mais il avait manifestement voulu s'offrir le plaisir de traîner le commissaire devant les vitrines. Il précédait les policiers, se retournant quelquefois pour les regarder le suivre. Il avait l'air très heureux. N'ayant d'autre choix, le commissaire laissait faire.

– Vous connaissez cet homme ?

– J'ai enquêté ici il y a un peu moins de six ans. C'était un indic.

– Ça va ? Pas de... chute de tension ?

Il regarda son adjoint droit dans les yeux.

– J'ai une telle rage d'être là, avec vous et cette crapule, que je vous battrais au sprint sans souci.

Ils remontèrent une bonne partie de la rue. Dans chaque vitrine, les femmes s'exposaient, souriaient, engageantes ; certaines frappaient au carreau pour qu'ils s'arrêtent.

– Nom de Dieu, Fauvilles, déscotchez-vous ce sourire niais du visage, et arrêtez vos petits signes de la main ! Vous croyez qu'elles vous saluent ou quoi ?

– Je préfère me dire ça, oui.

– Pour elles, vous êtes cinquante euros les quinze minutes. Vous êtes le prototype du client timide, celui qui fantasme, mais n'entre pas. Elles ont l'air sympa, comme ça, hein? Regardez celle-là, avec ses petites lunettes, son ensemble blanc et son petit livre… On dirait une secrétaire. Et elle vous sourit. C'est du toc, Fauvilles. C'est pas un rapport humain qu'elle vous propose. C'est du cul pour du fric. Vous êtes du fric! Vous entrez là comme un amant – à la limite, vous aimeriez l'enlever, hein? La sortir de là. Mais vous sortez…

Il dut s'arrêter de parler. Impossible de dire encore un mot. Devant le visage de Fauvilles était venue s'imposer l'image de Carla. Il reprit la marche.

– Oscar! Oscar Quethec!

C'était une voix de femme. Mais pas celle de Carla.

– Patricia.

Elle était assise sur son pas de porte, en pardessus, et fumait une cigarette. Elle avait vieilli; un sourire mauvais ridait son visage maquillé à l'excès. Plus loin, Luc Meutlant irradiait d'un plaisir mauvais.

– Oscar… Qu'est-ce que t'es devenu, depuis tout ce temps? Raconte voir…

Elle cherchait la faille. Il ne répondit pas.

– T'es commissaire, maintenant, j'imagine. Tu entres? Juste un petit coup, comme ça…

– Je ne crois pas, non.

– Et ton mignon, là, il veut rien? Ça a l'air d'un vrai petit mec, lui, pas d'une loque… Tu me présentes?

– Laisse tomber, Patricia.

Le silence s'installa. Elle le jaugeait et il laissait faire.

– Bon, on ne va pas s'incruster sur ton trottoir…

Il tournait les talons quand elle lança sa dernière flèche:

– Tu veux pas savoir comment elle va?

Il s'arrêta net.

– Elle s'est rangée, Oscar. Elle s'est barrée avec un prince charmant. Le seul qui l'ait emportée loin d'ici sur son cheval blanc, tu piges? Un vrai mec.

Apparemment, elle voyait des « vrais mecs » partout, sauf lui. C'était le principe. Il parvint encore à lâcher une réplique caustique.

– Eh bien, j'espère qu'elle m'enverra un faire-part de mariage.

– C'est ça, fais le gros dur. À la prochaine ! Passe quand tu veux.

Ils repartirent. Fauvilles restait muet. Il ne se préoccupait plus trop des filles en vitrine.

Au café, ils s'installèrent dans la pièce du fond, à côté des toilettes. Le néon au-dessus de la table leur donnait un air blafard. Fauvilles sortit un calepin de sa poche ; Quethec ouvrit le feu :

– Alors, qu'est-ce que tu leur as raconté, aux écrivains ?

– Mais plein de choses, Commissaire, plein de choses… Je vous dis pas comme ils faisaient tache dans l'ambiance du quartier. Ça avait l'air de bien les exciter.

– Abrège et va aux faits. Tu leur as dit quoi ?

Luc se répandit. Ses fantasmes à propos de Victoria, les détails graveleux qu'il avait pu donner sur le quartier, et des récits plus concrets. Les écrivains ne les avaient pas tous exploités, mais il était facile de retrouver des bribes des romans.

Après un moment, Oscar Quethec perdit le fil. Ainsi, Carla s'était casée… Ça ne correspondait pas à l'image qu'il s'était faite de sa vie depuis… Mais qu'est-ce qu'il s'imaginait ? Ce n'est pas parce qu'on s'en va que le monde des autres s'arrête de tourner… Si ça tombe, elle était *vraiment* mariée ! Et même, pourquoi pas, avec un enfant ? Alors que lui, il était à nouveau assis face à Luc le pourri, dans ce quartier sordide…

Il parvint à se concentrer à nouveau sur les paroles de l'indicateur lorsqu'il mentionna le scénario de *Treize Meurtres à la douzaine*.

– Je leur ai raconté aussi l'histoire de cet Arabe, celui qui a dégringolé en deux ans d'élève modèle à délinquant bon pour la prison. C'était mon voisin ! Et puis… C'est moi aussi qui ai lâché votre petite histoire, là, après votre enquête sur le Découpeur…

Oscar prit l'air le plus détaché.

– Ah oui ?

– Oh, vous aviez deviné, je suis sûr, hein, Inspecteur ? Mais vous devez me faire parler… Je leur ai donné plein de détails, elle est si belle, cette histoire… Allez, je vous avoue que j'ai un peu brodé, pour me faire plus de fric. Cent vingt balles, qu'ils m'ont filé. Et toutes les bières à l'œil. Ils ont tout bien noté. Après, je suis tombé sur le bouquin, par hasard. Vous avez lu ? Franchement, c'est pas mal… Je vous ai donné le beau rôle !

– Et dernièrement, tu les as revus ?

– Ben non… Ça fait bien un an qu'ils sont plus venus me voir.

– C'est quoi, la dernière histoire que tu leur as balancée ?

– C'était pas une histoire, c'était plutôt… des petites choses, de l'ambiance… Faut dire qu'après vous et la petite, c'était difficile de faire mieux !

Il en avait assez entendu.

– Bon. On va y aller, je crois.

Il laissa un billet sur la table pour les consommations.

– Luc, encore merci…

Et il lui décocha un crochet sec droit dans le menton.

– Aaah… Ça fait un bien fou, c'est peu de le dire.

Il sentait ses forces le quitter ; il s'imposa néanmoins de glisser calmement sa chaise sous la table avant de sortir du café.

– Alors quoi, Fauvilles, vous venez ? Allez chercher la voiture, je vous attends ici.

Il marcha un peu, mais, très vite, tandis que Fauvilles s'éloignait à grandes enjambées, il dut l'attendre assis sur un pas de porte.

Dans la voiture, il demanda à son adjoint de le ramener chez lui. Pour être sûr de dormir, il prit un somnifère – un cachet complet. Trente minutes plus tard, son cerveau s'éteignait enfin.

Le lendemain matin, il put réfléchir plus calmement aux paroles de l'indicateur. Il commençait à se faire une image plus nette d'Octave et de Victoria. Étonnants, trop propres pour ces trottoirs derrière la gare du Nord, clignotant comme une tache de javel sur un pantalon gris. Pourquoi écrire ces livres, passer du temps à farfouiller la crasse puis à la répandre sur le papier? Qu'est-ce qui les motivait? Ils jouissaient d'une vie agréable: la stabilité, l'argent, la réussite sociale, la beauté – et dans le cas d'Octave, une vie conjugale. Que leur manquait-il? « Ça avait l'air de bien les exciter », avait dit Luc le pourri.

Il se souvenait vaguement de cette formule, cette phrase liée à cette idée d'excitation dans le carnet de Victoria. Il tourna les pages, laissa les extraits des romans, les notes à propos de personnages, les références en tout genre. Enfin, sur la page en vis-à-vis de la liste des indicateurs, il retrouva: « Le bonheur dans le crime ». Il se rendit à son rendez-vous chez sa psychiatre tandis que cette sentence bourdonnait encore dans son esprit.

– Je suis retourné à la rue d'Aerschot. Vous savez, *la* rue de la prostitution, où s'est déroulée l'affaire du Découpeur.

– Oui, je vois. Et comment vous sentez-vous?

– Mal. Et je ne veux pas en discuter. J'aimerais laisser ça pour plus tard.

– Très bien, mais si vous ne revenez pas sur le sujet, c'est moi qui le ferai.

– Je préférerais parler d'autre chose, aujourd'hui. « Le bonheur dans le crime », ça signifie quoi, pour vous?

– Il serait plus intéressant de savoir ce que cela veut dire pour vous. C'est un titre de film?

– C'est le titre d'un… texte de je ne sais plus qui. Une nouvelle ou un roman. Et un peintre namurois a utilisé cette formule comme titre d'un dessin. En tout cas, mes recherches ne cessent de ricocher sur ces mots.

– Disons que vous ne cessez de ricocher sur cette phrase.

– Ce n'est pas ce que j'ai dit?

– Pas exactement. Et donc, que signifie cette phrase, pour vous?

– En y réfléchissant, je me suis rappelé un souvenir d'enfance. Je devais avoir dix ou douze ans, je me suis retrouvé coincé dans un ravin. C'était un jour de vacances en famille, à la montagne; on était partis pour une journée de marche. J'avais suivi un ruisseau, qui s'était petit à petit éloigné du chemin. Personne n'avait rien vu, et j'étais trop occupé à sauter de pierre en pierre autour de l'eau pour remarquer que je m'écartais du « monde civilisé », pour dire les choses comme ça. Le ruisseau a commencé à descendre dans une gorge. Je crois que je me rendais compte du danger, mais pas vraiment, pas de toute son étendue. En fait, je me sentais invulnérable. Le parcours est devenu de plus en plus difficile. Les pierres étaient toujours plus éloignées l'une de l'autre, tant et si bien qu'à un moment, j'ai dû choisir entre m'arrêter ou continuer sans possibilité de rebrousser chemin. J'ai sauté. Puis il n'y a plus eu de pierres. J'ai dû marcher dans l'eau. C'est quand j'ai glissé et dévalé cinq mètres sur mes fesses que j'ai commencé à comprendre la situation… et à prendre peur. Je n'ai pas trop eu le temps de m'inquiéter, notez, parce que très vite, il n'y a carrément plus eu de ruisseau où marcher: devant moi, l'eau faisait un plongeon vertigineux, en cascade. Ah, c'était beau toute cette vallée qui s'ouvrait là! J'étais foutu. Alors, j'ai fait la seule chose que je pouvais encore imaginer pour m'en sortir seul: j'ai entrepris d'escalader les parois rocheuses. Dix mètres. Dix mètres de pierre, et pas n'importe laquelle: du schiste. Cette paroi était tellement fragile qu'elle se désagrégeait sous mon poids. Mais peut-on s'imaginer mourir quand on a dix ans? Je ne crois pas que mon jeune âge ait amplifié les dangers que je vivais. Ce jour-là, j'ai vraiment risqué ma peau.

– Et pourquoi me racontez-vous cela?

– Parce que je garde de ce souvenir un sentiment d'exaltation. Ce jour-là, le gamin que j'étais en a été quitte pour une grosse trouille. Je ne suis pas tombé. Je me suis hissé jusqu'au bord du précipice et là, sain et sauf, j'ai pu reprendre mon souffle. Mes jambes tremblaient. Quand j'ai tenté d'expliquer ce qui s'était passé à mon frère, il n'a pas compris. À mes parents, je savais que je ne devais rien dire. J'étais seul face à moi-même et à mon expérience. Ce qui importait, c'était *l'aventure*. J'avais quitté la promenade et il était arrivé quelque chose. En même temps, c'était toujours ma vie, il n'y avait pas eu de cassure, le monde ne tournait pas différemment, sinon pour moi et en moi.

– Je ne comprends toujours pas.

– Octave et Victoria. Leurs romans, leurs virées dans les bas-fonds, c'est ça: l'aventure. Le bonheur dans le crime.

– Mais encore?

– Il ne faut pas prendre le mot « crime » au sens d'infraction ou d'assassinat, mais plus généralement comme de manquement à la loi, à la morale. La phrase a ainsi quelque chose de trouble. De séduisant. De diabolique, quelque part… Ah, voilà! Mon adjoint m'a expliqué ça: c'est une nouvelle d'un recueil publié sous le titre *Les Diaboliques*. En fait, « Le bonheur dans le crime », c'est la Tentation: le bonheur est dans la transgression, dans le non-respect de la loi – de la norme, si on veut. Le crime n'est pas le mal, c'est l'aventure. L'échappée belle.

– Et « le bonheur », comment l'appréhendez-vous?

– Je ne sais pas. La satisfaction?

– Bravo. La définition exacte – celle qui nous intéresse, en tout cas – est « l'état de la conscience pleinement satisfaite ». Commissaire… Sans vouloir vous faire un tour de passe-passe psychanalytique, est-ce que vous avez *conscience* qu'au-delà de votre enquête, tout ce que vous venez de dire revêt une importance énorme pour vous?

– Cette fois, c'est moi qui ne vous comprends pas.

– Vraiment? Dommage… Mais ça viendra.

Au bureau, Georges Van Meerbeeck avait guetté le retour de son collègue, car il vint le voir dès son arrivée.

– Salut, Oscar. Je voulais juste te dire que j'ai contacté les deux gars de ta liste, là. Je t'ai pris un rendez-vous avec Serge Giroul à 13h30, aujourd'hui. Il viendra ici. Lui, tu peux le pousser: depuis son séjour en prison, c'est une chique. Déjà avant, c'était un dur pour rire, mais alors maintenant… Voilà son dossier. Raphaël Carta, c'est moins évident. Il ne veut pas te parler. Je vais devoir trouver un moyen de pression, mais pour le moment, je n'ai rien.

Quethec passa la fin de la matinée à tenter de joindre les autres indicateurs d'Octave Tiers et de Victoria Garcia Borges. Il en restait cinq. Il ne laissait pas de message lorsqu'il tombait sur une boîte vocale. Seul « G. de K. » répondit. Il s'agissait de Gus De Kamer, chauffeur de taxi. Sa façon de parler – il parlait anormalement lentement et allongeait les voyelles en fin de mot – lui fit une impression étrange, il fut un peu curieux de le rencontrer. Rendez-vous fut pris, au commissariat, le lendemain à 14 heures.

En début d'après-midi, Serge Giroul se présenta comme convenu. Il portait un costume décrépit, relique de ses heures de gloire. Il lui restait certaines expressions de bel homme habitué aux poses qui le mettent en évidence, mais le temps, la maigreur – et la prison – avaient taillé au couteau de larges rides sur ses joues et son front, et lui avaient creusé d'épaisses poches mauves sous les yeux. Son regard était triste. Il essayait tout de même de donner le change, pour avoir au moins une contenance ou quelque chose à être. Le commissaire, quant à lui, n'était pas de bonne humeur. Il endossa son personnage d'interrogateur revêche.

– Alors, Commissaire, vous m'avez demandé?

– Bonjour. On ne se connaît pas, que je sache, tu pourrais me saluer. Attends, j'appelle un dactylo.

Il sortit de la salle d'interrogatoire à la recherche d'une personne pouvant l'assister, mais, comme souvent, personne n'était disponible.

– Bon, tant pis. Assieds-toi là, plutôt. Je suis le commissaire Quethec. Oscar Quethec. Tu es bien Serge Giroul, ancien proxénète, escroc, condamné à trois ans de prison et qui renseigne la police pour se mettre au mieux avec elle?

– Oui, bon, comme vous dites ça…

– Écoute, je m'en fous, de ton casier. Je t'ai convoqué parce qu'Octave Tiers et Victoria Garcia Borges ont été assassinés.

– Qui, vous dites?

– Fais pas le malin. J'ai trouvé ton nom dans leurs papiers, tu les renseignais sur le milieu. Ils écrivaient des romans policiers.

– Ah, les écrivains! Ils sont morts?

– Sous quels noms tu les connaissais?

– Elle, c'était Thérèse Barnes, lui, Bruno Tabès. Dommage qu'ils…

– Oui, bon, ça va. Tu les connaissais depuis longtemps? Quand est-ce que tu les as vus pour la dernière fois?

– La première rencontre a eu lieu après… Enfin… Après la prison, il y a deux ans. Et pour la dernière fois… Je dirais quatre mois.

Quatre mois, c'était trop peu pour correspondre à un des livres édités et assez pour rédiger un manuscrit traitant d'une actualité brûlante et compromettante qu'ils auraient eu l'imprudence de mettre en récit.

– Tu as vu qui? Elle, lui ou les deux?

– Elle. Cette fois, elle est venue seule.

– OK. Raconte comment ça s'est passé.

– Eh bien, en fait, comme… Mais attendez… Commissaire, vous ne croyez quand même pas que c'est moi qui les aurais tués? Parce qu'alors, je…

– T'inquiète de rien, Serge, et parle. Tout ce que je veux savoir, c'est comment elle était ce jour-là et ce que tu lui as dit.

– Comment elle était? Normale, enfin, comme toujours: assez froide, très classe, vous voyez? Tout à fait mon genre de femme. Je la draguais toujours un peu, d'ailleurs, et je crois que…

– M'embobine pas, ça m'intéresse pas de savoir que t'as jamais couché avec elle. Qu'est-ce que tu lui as raconté ?

– Attendez que ça me revienne… Mais vous savez, moi, je me suis rangé, je suis « clean-réglo-zéro », comme on dit. Maintenant, j'ai beau ne plus être du milieu, dans ma rue, les gens parlent et j'entends parfois des choses. Alors, quand les écrivains m'ont demandé de les aider, j'ai trouvé sympa de leur rendre un petit service de temps en temps, vous comprenez ? Donc… J'ai un ami, enfin, je connais plus ou moins le copain d'un ami, qui s'occupe de… d'un petit trafic. Des portables je crois, du matériel Hi-Fi… Je sais pas trop. Et un jour, il m'a parlé, enfin, il a parlé à mon ami d'une histoire pas très nette à propos d'un Congolais. Son surnom, c'est « le Crapaud » parce qu'il est très gros, avec des pustules sur le visage. C'est son histoire que j'ai racontée à Thérèse Barnes la dernière fois qu'on s'est vus. Elle était très intéressée, elle a même dit que ce serait le sujet de son prochain bouquin, vous imaginez ?

– Bon, eh bien, répète-la-moi, ton histoire.

– Vous voulez vraiment que… ? Bon… Le Crapaud est un ancien gros bonnet politique qui s'est reconverti dans les trafics, surtout de la drogue, de l'or et des diamants. Il connaît des gens à l'ambassade et dans la haute finance, et, à l'époque – je veux dire, quand j'ai parlé pour la dernière fois avec l'écrivaine – le Crapaud s'était pris une veste dans une affaire de faux papiers qui…

Tout cela ne collait pas du tout avec la page du manuscrit. Le commissaire coupa court :

– D'accord, Serge, dis-moi juste : dans ton histoire, il n'est jamais question de prostitution ou d'un homme qui tue sa complice ?

– Pas du tout, Commissaire, je vous jure. Vous voyez, hein ? J'ai rien à voir avec tout ça, je me suis rangé, je suis plus innocent que la neige…

– Mouais. Tu le cries trop fort pour que ce soit vrai, mais soit, tu ne m'intéresses pas. Encore une chose : « Le bonheur dans le crime », ça te dit quelque chose ?

– « Le bonheur dans le crime »... Non, rien. Mais je peux me renseigner si vous voulez, moyennant...

– Ça ira comme ça. Bon, on va mettre ça par écrit. Et tant qu'à faire, on va ajouter tout ce que tu as pu raconter à Octave Tiers et Victoria Garcia Borges. Après ça, tu pourras partir. Mais je te préviens : si jamais tu me dis des conneries, tu risques de passer un mauvais quart d'heure... Voire quelques mauvais mois.

À 14h30, il était de retour dans son bureau. Les quelques pièces relatives à l'affaire traînaient sur le bureau, au-dessus des dossiers plus anciens : les romans, le calepin de Victoria et la fameuse page 24. Presque par habitude, il reprit le texte. Il y était encore plongé lorsque Georges Van Meerbeeck entra dans son bureau.

– Encore sur cette page, Oscar ? Tu ne la connais pas encore par cœur ?

– C'est une clé, Georges. Et chaque fois que je relis cet extrait, je me fais une meilleure idée du manuscrit.

– Explique-toi.

– Eh bien, par exemple, le premier mot : « putain ». Au début, je me disais que c'était mal écrit, genre roman à trois sous. Mais j'ai maintenant lu tous les livres d'Octave et Victoria, je sais que leur écriture n'est pas vulgaire, ce mot a donc tout son sens. Quant à la narration à la première personne, je ne la retrouve dans *aucun* de leurs romans... Autre chose : la complicité entre le tueur et Véra. Je n'aurais pas pu m'en rendre compte la première fois, mais maintenant, le parallélisme avec Oscar et Victoria est criant : « j'allais tuer Véra, Véra que j'avais toujours protégée, que j'avais toujours aidée, et qui avait toujours été là pour moi. Une complice. Une amie, une compagne, une *sœur* ». Véra, dont l'initiale désigne Victoria. Un homme, une femme et un « contrat » dont on ne connaît pas la nature, mais qui les rend complices. Ce résumé s'applique aux deux morts et à leur relation. Mais dans le roman, cette complicité est trahie.

Georges Van Meerbeeck coupa court :

– Tu pousses pas un peu, là ? C'est bien joli, ton analyse, mais ça ne fera pas le poids devant le juge d'instruction. Il lui faudra du concret. Bon, c'est pas tout ça : j'ai besoin de ton aide. Je t'ai parlé de mon enquête sur ces Albanais qui écoulent de la drogue dans les hôtels, tu te souviens ? J'ai une occasion de les prendre en flagrant délit demain soir, mais il me manque deux hommes : Jean-Christophe est en congé, Sylvie aussi, Étienne est malade, et je ne peux pas demander à Marc ou Pierre-Yves – tu les connais – de m'accompagner sur ce coup-là. Bref, à part Fauvilles et toi, je ne vois pas qui pourrait renforcer l'équipe. C'est possible pour toi ? Je veux dire… Tu te sens d'attaque ?

– Je serai là. Plus ou moins actif, ça, on verra à ce moment-là. Tu as les Robocop ?

– J'aurai une équipe sur les toits, de ce côté-là, c'est bon. Mais j'ai besoin de deux civils.

– Allons chez Fauvilles.

– Je l'ai vu : il vient… avec ton accord.

– Je vois…

– Quoi ?

– C'est juste qu'il m'énerve : trop poli, trop dans le cadre.

– Ouais, ça, qu'il t'énerve, je crois qu'on avait compris.

– Ah bon ?

Quand il fut à nouveau seul, Oscar Quethec reprit la liste des indicateurs dans le calepin de Victoria. Il tomba chaque fois sur des boîtes vocales. Il s'arrêta et réfléchit. Cette enquête piétinait. Et si cette piste ne menait nulle part ? Si ces livres n'avaient rien à voir avec le meurtre ? Il était fatigué. Ses idées se mélangeaient avec ses souvenirs, sa logique avec ses émotions, et il ne se sentait pas capable d'y mettre bon ordre.

Il prit sa veste et quitta son bureau. Dans le couloir, en passant devant le bureau de son adjoint :

– Je rentre, Fauvilles. On fait un compte rendu demain ?

– Parfait, Monsieur le Commissaire. Bonne soirée.

Il n'eut même pas la force de râler.

Il rentra chez lui par un itinéraire évitant les grands axes, une succession de rues secondaires – hélas à peine moins embouteillées. Le printemps tardait à s'imposer, les nuages gris saturant le ciel tombaient sur la ville en une fine pluie froide, sa voiture à l'arrêt se chargea d'humidité ; il regretta – comme presque tous les jours – de n'avoir pas pris les transports en commun. Il arriva à Ixelles à l'heure où l'éclairage public s'allumait, luttant en vain contre l'assombrissement des rues. Il trouva une place de parking à trois minutes seulement de son domicile – une aubaine.

Il téléphona à son père après le repas. L'habitude avait été prise qu'il appelle tous les mercredis soir et le vieil homme attendait ce rendez-vous. Ils échangèrent des paroles banales, et il raccrocha avec un sentiment amer, comme toujours. Le père et le fils ne partageaient plus leur vie intime depuis longtemps. En avait-il jamais été autrement ? Le père s'était un peu ouvert à ses fils à la suite du décès de son épouse, il y a trois ans, mais cela n'avait pas duré. Très vite, ils en étaient revenus à ces conversations creuses dont la seule fonction semblait être de maintenir le lien. Parfois, au détour d'un regard ou d'une pression plus franche et plus longue de la main sur son épaule, le père signifiait à son fils qu'il avait conscience des difficultés de sa vie. Comme s'il les devinait. Mais jamais il n'avait mis de mots sur ce qu'il en percevait ou pensait. Dans la famille, on ne se parlait pas. Il se dit qu'il faudrait en parler à la psy.

Il alla se coucher tôt. Ainsi, espérait-il, il serait d'attaque pour la descente de Georges Van Meerbeeck, le lendemain soir. Son enquête tournait trop autour des livres pour qu'il eût le goût de lire avant de s'endormir, aussi préféra-t-il rester le plus longtemps possible devant la télé. Une demi-heure avant de se coucher, il prit son somnifère en réduisant la dose prise la veille d'un quart.

Le lendemain, comme les jours précédents, il passa en coup de vent au bureau, puis se rendit à son rendez-vous avec Virginie Watrin.

– Vous êtes prêt à parler de la rue d'Aerschot ?

– Hum…

– On va commencer doucement : que pensez-vous des prostituées ?

– Disons que nous avons un rapport ambigu avec elles.

– Nous ?

– La police. C'est assez vicieux : la prostitution n'est pas illégale, en Belgique. Ce qui est illégal, c'est le racolage. En fait, si les filles n'incitent pas les hommes à les « fréquenter », elles ne font rien de répréhensible.

– C'est le mot « inciter » qui est ambigu.

– Exactement. S'exposer en sous-vêtements en vitrine, n'est-ce pas inciter ? Non, apparemment. Il faudrait qu'elles soient sur le trottoir – certaines y sont, la nuit, et on les embarque – ou qu'elles sollicitent les hommes pour que la police puisse réagir. Elles ne peuvent pas frapper au carreau pour retenir l'attention d'un passant, par exemple. C'est n'importe quoi : on sait bien pourquoi elles sont là et pourquoi les hommes déambulent dans ces rues. Le problème, c'est que rendre la prostitution légale est inacceptable – la Belgique n'est pas les Pays-Bas – et la rendre clandestine est pire encore. Alors, on laisse faire.

– Voilà la réponse du policier.

– Ça tombe bien : je suis policier.

– Ironie défensive, Commissaire.

– Un point pour vous. Que dire ? Ces filles se vendent, c'est moche, et ces hommes viennent chercher quelque chose qu'ils ne trouveront pas – ce n'est pas mieux.

– C'est-à-dire ?

– Vous imaginez le conditionnement auquel il faut se soumettre pour se prostituer ? Il faut vider son corps de soi-même. Il faut sortir de soi et… laisser sa chair être « consommée » – ce ne sont peut-être pas les bons mots, mais c'est ça. Mais les hommes, même s'ils ne s'en rendent pas toujours compte, ne viennent pas consommer. Eux, ce qu'ils veulent, c'est l'intimité. Ils veulent faire l'amour avec quelqu'un. Les filles qui ont du succès ne sont pas les plus jolies – ou les mieux refaites, ou les plus aguicheuses – mais celles qui ont… quelque chose dans les yeux. Qui se sont fait un regard. C'est ça que ces hommes viennent chercher : quelqu'un. Et ils se trompent, évidemment, puisque le rapport est tronqué : l'homme est un client, il doit payer. C'est froid, strictement biologique. Les clients sortent toujours frustrés de la passe. Et le pire, c'est que c'est précisément pour cela qu'ils y retournent. Ils pensent vouloir du sexe alors qu'ils veulent de l'amour. En général, je veux dire ; j'imagine que certains sont satisfaits.

– Vous parlez des hommes, à présent, pas de vous.

– J'ai eu mon père au téléphone hier soir. Nous ne nous sommes pour ainsi dire rien dit, comme chaque semaine, et j'ai compris une chose : dans ma famille, on ne sait pas se parler. Que voulez-vous que je vous dise ?

– Vous le savez bien.

– Mais merde, je ne sais pas faire ça ! Parler, parler de moi, comme ça ! C'est pas dans mes gênes, c'est tout ! Je n'ai pas les codes ! Vous m'imaginez, un mercredi soir comme les autres : « Bonsoir Papa, je ne t'en ai jamais parlé, mais je suis tombé amoureux d'une prostituée il y a presque dix ans. Non : on est tombés amoureux, on a couché ensemble, pas une fois, plein de fois, et après deux semaines j'ai explosé en vol parce que, justement, je suis flic et elle prostituée » ? C'est ça, ce que je devrais dire ?

Il était en nage.

– Vous êtes en colère. Vous m'en voulez. Mais oui, c'est ça que vous devriez lui dire.

– Merde !

– Quoi, « merde » ?

– Merde ! Fichez-moi la paix ! Qu'est-ce que vous attendez ?

La psy tint bon.

– Je veux savoir, je veux entendre de votre bouche pourquoi, bien que vous soyez amoureux l'un de l'autre, d'un amour qui avait dépassé vos conditions, votre relation avec cette femme a pris fin. Et je veux vous entendre dire vos émotions, vos sentiments à la suite de cette rupture, qui vous ont empêché de dormir durant toutes ces années.

– Vous pouvez toujours courir ! Je ne suis pas Mailleux, moi !

– Mailleux, le médecin légiste ? Qu'est-ce qu'il a à voir là-dedans ?

– Rien ! Il a juste l'insupportable qualité de savoir regarder les problèmes en face et de mettre des mots dessus ! Et il ne se gêne pas pour le faire !

– Il vous a fait des remarques lors de l'affaire du Découpeur, c'est ça ? Sur votre travail ? Sur votre relation avec cette femme ? Et vous ne l'avez pas supporté ?

– Allez vous faire foutre !

– OK. On arrête là pour aujourd'hui.

Il se leva d'un bond et partit comme une bombe explose.

Il marcha d'un pas trop rapide jusqu'à son lieu de travail, il ne reprit son souffle qu'une fois assis à son bureau. Il n'avait pas encore vraiment recouvré ses esprits lorsque son adjoint fit irruption :

– Bonjour, Monsieur le Commissaire.

– Fauvilles… Pour la millième fois, appelez-moi « Commissaire » ou « Oscar » mais arrêtez, arrêtez !, avec ce « Monsieur le Commissaire » !

– Euh… Oui, excusez-moi. Vous… Vous êtes prêts, on y va ?

– On va où ?

– Mais… À l'enterrement d'Octave et de Victoria, vous avez oublié ?

Il nota à ce moment la tenue particulièrement sobre de son adjoint : complet gris, cravate, chemise blanche, chaussures de ville. Il resta abasourdi.

– L'enterrement ?

– Je vous en ai parlé il y a deux jours. Vous avez oublié ?

Il n'en avait pas le moindre souvenir. Il tenta de reprendre pied.

– À vrai dire, oui, j'ai oublié. Bon. Tout ce qu'il me faut, c'est une cravate. On se retrouve là-bas… Merde ! Ma bagnole ! Je l'ai laissée devant chez Watrin ! C'est pas vrai… Bon, mon domicile est sur le chemin, j'y vais avec vous. On s'arrêtera juste pour prendre une cravate. Pendant le trajet, on fera ce débriefing dont j'ai parlé hier, ce sera parfait.

Il pleuvait assez violemment ; par chance, la voiture de Fauvilles était garée dans les sous-sols du bâtiment. Dès qu'ils sortirent dans la rue, la pluie tambourina sur la toiture et Fauvilles actionna les essuie-glaces à la vitesse maximale. Ils durent donner de la voix pour se parler.

– Donc, ce débriefing… Où en êtes-vous de vos recherches ?

– J'ai vu ou appelé tous les habitants de l'immeuble où habitait Octave Tiers. Leurs témoignages vont dans le même sens que celui de la concierge : ils n'ont rien vu, rien entendu – soit ils dormaient, soit ils étaient absents, soit ils sont presque sourds. Et personne n'a croisé Marie Tiers entre l'heure à laquelle elle a affirmé être partie de chez elle et celle à laquelle elle dit être revenue du cap Gris-Nez. À propos des allers-retours autour de l'immeuble au moment du décès, vous m'aviez parlé des caméras de surveillance du quartier. Il n'y a rien à en tirer : elles sont trop loin et trop peu nombreuses pour que l'absence de passants sur ces images signifie quoi que ce soit. J'ai bien retrouvé le passage de la voiture d'Octave Tiers via les caméras de la place Fernand Cocq une trentaine de minutes avant le meurtre, mais à part ça…

– Et du côté de Cécile Enjoint ?

– Je me suis rendu chez ses voisins ; je n'ai pas eu beaucoup plus de chance. La voisine de palier m'a dit avoir vu une femme se rendre chez madame Enjoint, vers 13 heures. Il s'agit manifestement de Marie Tiers. Malheureusement, elle ne les a pas vues partir. Au moment où je sortais, Cécile Enjoint quittait son appartement. Je ne peux pas dire qu'elle était contente de me voir…

– On peut la comprendre. Ensuite ?

– J'ai enfin obtenu la liste des paiements par cartes de crédit et cartes bancaires de Marie Tiers. Ce qu'elle a dit est confirmé : elle a fait le plein à hauteur de Steenvoorde, sur l'autoroute, à 21 h 34. Elle était donc bien à la frontière française à l'heure du meurtre.

– En tout cas, quelqu'un a effectué ce paiement à ce moment avec sa carte.

– L'enregistrement des caméras de surveillance de la station-service devrait pouvoir nous assurer qu'il s'agit bien d'elle…

– Seulement si les images sont de qualité et que l'on identifie clairement Marie Tiers. Et puis, vu que c'est de l'autre côté de la frontière, obtenir ces enregistrements va nous prendre un certain temps. On patine, et ça commence à me fatiguer.

Ils étaient arrivés rue Anoul. Il monta rapidement chez lui, passa une cravate, en profita pour changer de veste et revint dans la voiture.

Ils arrivèrent en retard à la cérémonie. Un seul cercueil faisait face au curé, à la croisée du transept. Le commissaire et son adjoint restèrent dans le fond de l'église.

– Fauvilles… Où est le deuxième cercueil ?

– Je vous ai dit qu'il y avait deux cérémonies. J'ai cru comprendre que c'est Marie Tiers qui s'est opposée à un office commun.

Impossible d'en dire plus, même à voix basse.

Dans l'assemblée, le commissaire reconnut les employés des éditions Psyché, très affectés, un peu en retrait à gauche dans la nef. Devant, à droite du cercueil, Marie Tiers et les familles. La veuve était très entourée. Derrière elle avaient pris place ses amis. Il ne pouvait voir leurs visages, mais leurs dos voûtés révélaient l'abattement. Derrière encore, de part et d'autre de la nef, s'étaient assises de nombreuses personnes dont l'attitude et l'expression exprimaient moins la tristesse que l'ennui. Des relations professionnelles, assurément. Ils étaient venus par convention. En observant cette assemblée, Oscar Quethec se rappela le défunt tel qu'il lui était apparu la première fois, inerte dans son fauteuil de bureau, et de l'impression qu'il lui avait faite : celle d'une beauté de façade. Il se demanda combien de personnes présentes dans cette église le connaissaient vraiment. Qui était au courant de son activité d'écrivain, de son attrait pour les bas-fonds, qui partageait ses secrets ? Il eut l'image d'Octave Tiers avançant seul dans la vie. Aussi seul que… lui.

Le temps réservé à l'expression des condoléances fut très long. Le commissaire nota l'efficacité du travail de son adjoint, qui interpellait telle et telle personne à la sortie de l'église. Soit il leur fixait rendez-vous plus tard, soit, s'il avait peu à leur dire, il les interrogeait sur place rapidement et discrètement. Il avait repéré ces personnes durant la cérémonie et préparé son mode opératoire. Oscar Quethec, quant à lui, se contentait d'observer. La place devant l'église était maintenant noire de monde; on attendait la sortie de la famille et du cercueil.

Lorsque Marie Tiers apparut à la porte de l'église, elle marchait avec peine. Cécile Enjoint et une femme qu'il ne connaissait pas la soutenaient tandis qu'elle descendait les marches du parvis. Il semblait qu'à certains moments, son corps se dérobait sous elle; on eût dit une marionnette dont certains fils auraient été coupés. Il chercha son visage sous le crêpe; il était creusé, tiré. Elle paraissait plus fragile que le lendemain de la mort de son mari. Cécile Enjoint, elle, semblait à la hauteur de la situation, apportant le soutien nécessaire à son amie. Le commissaire se prit à penser que ce pouvait n'être qu'une impression, donnée peut-être par ce foulard qui lui imposait un port altier, sa taille imposante et ses longs gants sombres remontant jusqu'à la naissance du coude. Il se garda bien d'aller présenter ses condoléances à la veuve. Il savait d'expérience combien ses mots, même sincères, seraient malvenus: il était le signe de la mort violente d'Octave et à ce titre, moins il se montrait, mieux cela valait. Cécile Enjoint, en revanche, se dirigea vers lui, avec des yeux comme des fusils.

– Toujours vous, Commissaire? Il ne vous suffit pas de venir torturer Marie et d'envoyer votre larbin fouiller nos vies, vous devez encore souiller de votre présence l'enterrement d'Octave? Vous irez à celui de Victoria aussi, j'imagine? Comme si leur mort ne suffisait pas!

– La mort d'Octave, celle de Victoria, et vous oubliez quelqu'un…

– Je ne comprends pas.

– Victoria Garcia Borges était enceinte. De trois mois.

La femme resta un moment sans voix. Si son visage n'avait été voilé, le commissaire aurait juré le voir pâlir.

– Je… Je l'ignorais.

Il tenta de profiter de cette faiblesse.

– Il est rare que la police ne découvre pas la vérité, Madame… Si vous…

Mais elle s'était déjà reprise :

– Ne jouez pas à ça avec moi, Commissaire. Soit vous me convoquez, vous prenez ma déposition et à la première question soupçonneuse, j'appelle mon avocat, soit vous nous foutez la paix. Mais des insinuations comme ça, pas question.

Vous « nous » foutez la paix ? Pourquoi incluait-elle d'emblée Marie Tiers ?

La pluie se remit à tomber lorsqu'ils partirent pour le cimetière.

Il y avait beaucoup moins de monde à la cérémonie de Victoria Garcia Borges : ses collègues, sa sœur et son beau-frère. La messe fut dite en espagnol, sans doute par le prêtre d'une paroisse avoisinante. Oscar Quethec jugea mieux venu d'attendre dehors la fin de la cérémonie. Ils s'intégrèrent au cortège accompagnant le cercueil au cimetière. Il avait alors cessé de pleuvoir, mais un vent violent s'était levé, qui brouillait l'eau des flaques et dérangeait les coiffes des femmes. La sœur de Victoria pleurait en espagnol ; à ses côtés, en retrait, son mari lui caressait doucement la nuque ou lui prenait la main. Ses gestes étaient tendres, calmes, et d'une voix grave, il répétait son nom :

– Cristina… Cristina…

Les deux policiers partirent rapidement.

– Vous parlez espagnol, Fauvilles ?

– Non, mais j'ai quand même pris le numéro de téléphone du beau-frère. Pour les contacter si nécessaire, avec un interprète.

– Parfait.

Le vent se leva, qui fit voler gabardines et parapluies ; ils rentrèrent au commissariat.

– Vous n'oubliez pas la réunion de seize heures avec George Van Meerbeeck, Fauvilles ? Je vous ai bien envoyé le dossier ?

– Oui, mais je vous avoue que je n'ai pu le parcourir que dans les grandes lignes. Et avec l'après-midi qui m'attend…

– Ne vous en faites pas, je n'ai pas pu creuser, moi non plus, mais nous ne serons là qu'en soutien. Seize heures, ça laisse un peu de temps, je vais étudier l'affaire de plus près.

Il eut un geste trop ample en retirant sa cravate et fit tomber sa lampe de travail, qui emporta dans sa chute deux piles de documents. Il allait vraiment devoir mettre de l'ordre dans ce foutoir… En ramassant les livres et les liasses, son regard croisa le mot « Greta » au milieu d'un livre ouvert. L'estomac lui remonta dans la gorge. Inutile de regarder la couverture, c'était *Le Rose est la couleur de ta mort*. Que faisait-il là ? Il le prit en main, ouvert à la même page. Il savait qu'il devait le refermer, mais ne put s'empêcher de replonger dedans.

Elle n'avait jamais aimé les hôpitaux. D'abord à cause de l'odeur, si particulière. Un mélange de médicaments, de désinfectants et de divers produits de nettoyage. Une odeur qui lui semblait toujours en cacher d'autres, plus nauséabondes, celles des maladies et des infections. Ensuite, il y avait ces médecins et ces infirmières qui entraient on ne savait quand dans la chambre, et qui s'occupaient non pas d'elle, mais… de son corps. Et ça…

Quelqu'un venait de frapper. Très faiblement, mais elle en était presque certaine. Elle aurait voulu pouvoir inviter le visiteur à entrer, mais sa blessure au cou et le bandage trop serré qui la pansait l'empêchaient d'élever la voix.

On frappa à nouveau, et l'inspecteur adjoint Olivier Tchèque entra. Il passa la tête par l'embrasure et avant de s'avancer plus loin :

– Bonjour, je ne vous dérange pas ?

Elle ne répondit pas, mais fit un geste d'invitation, se redressa un peu dans son lit et arrangea les draps.

– Je passais par-là, alors…

Il traversa la chambre sans la regarder et, plutôt que de rester debout au bout du lit ou de s'asseoir près d'elle comme elle s'y attendait, il alla à la fenêtre, dont la vue sembla le captiver. Tout de même, après quelques secondes, il parvint à se tourner vers elle et, comme pour donner un sens à son attitude, demanda :

– Vous êtes bien ici ? J'ai veillé à ce qu'on vous donne une chambre seule, et ici, au troisième, j'ai pensé que la vue… Mais… Je vous ai apporté des fleurs.

Cela lui était manifestement complètement sorti de la tête ; il semblait ne s'en rappeler qu'à l'instant. Greta, en recevant le bouquet, adressa au policier un gentil sourire, qui se transforma en grimace tant sa blessure lui faisait mal quand elle bougeait la mâchoire. Elle se força malgré tout à prononcer :

– Merci… Vous êtes…

Mais elle ne put finir sa phrase.

Olivier Tchèque finit par prendre une chaise et s'assit à ses côtés.

– J'ai discuté avec les médecins. L'opération s'est très bien passée. Vous avez eu de la chance : ils disent que si le couteau avait entaillé la gorge un peu plus profondément, à peine quelques millim…

Il se rendit compte de son indélicatesse en la voyant devenir pâle.

– Enfin, je veux dire… Vous avez eu de la chance, quoi.

Et il se tut dans un drôle de sourire confus. Elle crut bon d'essayer de répondre :

– Non, c'est vous qui… Merci…

Impuissante face à la douleur qui criait sous le bandage, elle ne put finir sa phrase.

– Oh, moi, je suis seulement arrivé au bon moment et… j'ai fait ce qu'il fallait, c'est tout.

Il avait dit ça sur un ton de fausse modestie, un peu bourru tout à coup, avec un air à la John Wayne.

– Vous avez été très courageuse. Il n'y a plus rien à craindre, maintenant. Ce salaud est sous les verrous, et pour un sacré bout de temps.

Le temps s'écoula dans le silence. Il ne savait plus quoi dire, et elle, dans l'impossibilité de parler, immobilisée dans ce lit, dans ce vêtement d'hôpital ridicule, se sentait de plus en plus gênée. Elle se rendit compte surtout, à ce moment, avec ce bouquet de fleurs dans les mains, qu'elle était totalement incapable de répondre à l'attention respectueuse de ce si gentil policier. Un peu pour se donner une contenance, un peu parce qu'elles l'embarrassaient, elle lui tendit les fleurs et se força à prononcer :

– Est-ce que vous pourriez… Dans un vase…

– Mais oui, bien sûr, où avais-je la tête ! Où rangent-ils les vases, ici ? Je reviens, je vais en demander un.

Il revint quelques minutes plus tard, son bouquet bien disposé dans un affreux vase en faux cristal.

– Je vous le mets ici, ça va ?

– Merci. Et… pour la suite ?

– Ne vous inquiétez de rien. Reposez-vous. Je reviendrai vous voir d'ici un jour ou deux, on prendra votre déposition à ce moment-là. Ah oui ! J'allais oublier…

Il alla chercher un sac qu'il avait laissé à côté de la porte d'entrée.

– Je vous ai apporté vos vêtements et quelques effets personnels que j'ai trouvés… là-bas.

Il fut soudain gêné en prononçant ce dernier mot, mais reprit contenance et continua d'un air qui se voulait dégagé :

– Je vous ai aussi apporté un livre et quelques magazines, j'imagine que vous devez vous ennuyer ! Je vais vous laisser, maintenant, vous êtes sans doute fatiguée. À bientôt !

Puisque sourire ou parler lui aurait désormais été impossible tant les quelques mots qu'elle avait prononcés lui en avaient coûté, elle salua le policier d'un geste de la main.

Une fois sorti de la chambre, Olivier Tchèque dut s'arrêter quelques instants contre un mur pour se remettre de ses émotions.

La sonnerie du téléphone l'interrompit, stridente. Il mit un temps à s'extraire de *son* roman.

– Commissaire, un homme vous demande ici, à la réception. Un certain Gus De Kamer.

– Merci, installez-le dans une salle, en bas, je descends.

Il rejoignit vite son témoin.

– Bonjour, monsieur De Kamer, merci d'être venu jusqu'ici. Je suis le commissaire Quethec.

– Vous m'avez convoqué à 13 h 30, je suis un peu en retard…

Il parlait bizarrement, comme un professeur de diction qui force sa prononciation.

– C'est sans importance, asseyez-vous. Je vous ai contacté parce que nous avons retrouvé vos coordonnées dans les papiers d'une personne assassinée, Victoria Garcia Borges…

Pas de réaction.

– Ça ne vous dit rien ?

– Non, désolé.

Le policier regarda plus attentivement son interlocuteur. Il avait les mains croisées sous son ventre et le regardait avec des yeux ronds.

– Vous travaillez comme taximan, si mes renseignements sont bons.

– Plus pour longtemps : je prends ma retraite le mois prochain.

– Vous avez dû en voir, des choses…

– Alors ça, oui ! Quarante-cinq ans de courses dans Bruxelles, vous imaginez bien ! Par exemple, pas plus tard qu'hier, alors que je remontais la…

– Oui, oui, attendez. Est-ce que vous connaissez Thérèse Barnes, une femme de trente ans, genre Espagnole fatale, ou Bruno Tabès, un bel homme aux manières soignées ? Ils se faisaient peut-être appeler autrement…

– Eux, je les connais, effectivement… Ils téléphonent régulièrement pour que je vienne les chercher.

– Les deux ? Ensemble ?

– Ensemble, non, jamais. Ce sont des clients réguliers, je me souviens qu'un jour, je…

Quel bavard, celui-là ! Le commissaire n'était pas d'humeur pour un entretien débridé.

– Excusez-moi, quand les avez-vous vus la dernière fois ? Elle ou lui, peu importe.

– Oh, ça fait longtemps. Je dirais... six mois, peut-être plus. Lui était un client plus régulier, il appelait souvent. je m'en souviens parce qu'il était gentil, on discutait, tout ça...

– Vous vous souvenez de votre dernière discussion ?

– Bien sûr que non, pourquoi ?

– Parce qu'il est mort. Et elle aussi. Je vous remercie, monsieur De Kamer. Vous pouvez vous en aller.

Encore un coup dans l'eau.

Georges Van Meerbeeck faisait bien les choses. La réunion préparatoire à la descente de police commença à l'heure et dura un peu moins de deux heures. Il sut flatter l'expertise des hommes des forces spéciales d'intervention tout en les contenant, il accorda des membres d'équipes qui n'avaient jamais collaboré et s'imposa comme chef de la mission. Il avait pensé l'opération dans le détail et expliqua son rôle à chacun. À sa grande surprise, Olivier Fauvilles se vit attribuer une mission inattendue :

– Désolé, Olivier, mais j'ai un absent de dernière minute et j'ai besoin d'un gars qui présente bien, genre jeune cadre dynamique français. Tu vas te faire passer pour un client. C'est possible, pour toi ? Rien de trop compliqué, rassure-toi.

– O... OK, que dois-je faire ?

Les forces spéciales partirent pour la rue d'Arlon les premières, suivies une demi-heure plus tard par l'équipe de coordination – installée dans une camionnette de chantier. Les membres en civil se rendirent sur place chacun de leur côté.

À 20 h 40, soit vingt minutes avant l'arrivée prévue des trafiquants, Nicole Lacroix et Simon Dubac entrèrent dans l'hôtel. Une chambre leur avait été réservée sous un faux nom – « au dernier étage, pour avoir vue sur la ville », avait-on précisé. Fauvilles arriva en taxi un instant après, en costume et cravate, un attaché-case à la main et une valise à roulettes derrière lui. Le parfait employé de société internationale en voyage d'affaires. Il demanda la chambre réservée au nom de monsieur Rivoux et, puisqu'il n'y avait aucune réservation à ce nom, s'adossa au comptoir un peu en retrait, téléphone portable à l'oreille pour joindre un contact fictif. Il revint ensuite vers l'homme à la réception :

– Il y a manifestement un problème. Ils cherchent mon hôtel. Je vais attendre ici.

– Prenez une table au bar, si vous voulez.

Oscar Quethec et Georges Van Meerbeeck étaient installés à la table d'un café, de l'autre côté de la rue. Ils voyaient parfaitement le rez-de-chaussée de l'hôtel, ouvert sur la rue en une large baie vitrée.

– Regarde-le. Il surjoue.

– Fais-lui confiance, à ton adjoint. Ça va aller.

– Eh… Attends… Le barman. Mince : c'est Frédéric Jacob !

– Ben oui, je sais. Je t'avais envoyé tous les profils, où est le problème ?

– C'est le fils de ma concierge ! Enfin, de la concierge de l'immeuble de mon enquête !

– Et ? Il connaît Fauvilles ?

– Non, mais Fauvilles le connaît ! J'espère qu'il ne va pas…

L'inspecteur était attablé, de dos, dans le bar. À 21 h 05, les suspects ne s'étaient toujours pas présentés, mais il ne pouvait pas rester plus longtemps sans éveiller l'attention. Comme convenu, l'équipe de coordination l'appela, il se montra satisfait qu'on ait retrouvé son hôtel, raccrocha, régla la consommation et sortit… non sans laisser discrètement des clés sur la table.

– Bien joué, Fauvilles. Maintenant, tu attends sagement dans l'impasse à côté.

Les trafiquants arrivèrent deux minutes plus tard, assez à l'aise, avec un simple sac à dos. Ils étaient au comptoir quand l'inspecteur revint :

– J'ai dû oublier mes…

Et d'avancer vers le bar. Alors, tout s'emballa, et Oscar Quethec put suivre clairement la scène : le barman capta l'attention d'un homme au comptoir et d'une œillade, désigna Fauvilles. Il était repéré.

– Ça va déraper, Georges !

Les malfrats firent mine de quitter l'hôtel, mais trois policiers étaient déjà sur le trottoir ; ils rebroussèrent chemin et s'engouffrèrent dans la cage d'escalier en sortant leurs armes de leurs blousons.

– On y va, Oscar ! Ils sont armés, merde !

Ils quittèrent le café en trombe. Fauvilles n'avait pas d'arme, il s'était donc retranché vers le bar tandis que la course-poursuite commençait dans les escaliers, ses collègues répondant comme ils pouvaient aux coups de feu. Oscar Quethec et Georges Van Meerbeeck fermaient la marche.

– Quelqu'un pour s'occuper du gars à l'accueil !

– Olivier, ça va ? Restez là, je reviens dès que…

Un tir un peu précis faillit toucher le commissaire, qui continua à monter les marches le plus vite possible sans plus parler.

Olivier Fauvilles se retrouva en tête-à-tête avec Frédéric Jacob, qui joua l'innocence :

– Monsieur ? Qu'est-ce que… Vous pouvez m'expliquer ce qui…

– Reste où tu es. Je te connais – et c'est toi qui m'as repéré, alors inutile de… J'ai dit : reste où tu es.

Le barman avait quitté son comptoir.

– Mais enfin, je ne comprends p…

– Ne bouge pas, j'ai dit ! Pas un…

Trop tard : d'un geste du coude, Frédéric Jacob força le passage et sortit en trombe de l'hôtel, surprenant les policiers restés dans la rue.

Lorsque les trafiquants disparurent par la lucarne donnant sur le palier du dernier étage, Georges Van Meerbeeck mit fin à la course-poursuite.

– OK, on se reprend. Tout se passe comme prévu : ils partent par les toits et c'est nickel, vu que c'est là que l'équipe de choc les attend. Nous, on assure les arrières, histoire qu'ils ne partent pas par où ils sont venus. Il y a une lucarne dans chaque chambre. Voilà les clés de celles qui ne sont pas occupées. Chacun la sienne. Nicole et Simon sont dans la 403.

Oscar Quethec, essoufflé, se traîna jusqu'à la porte de la chambre 401, l'ouvrit, repéra la lucarne et s'écroula sur une chaise à côté du lit… où un couple était en plein ébat.

– Excusez le dérangement, faites comme si j'étais pas là.

L'homme se cacha presque sous les draps, puis entreprit de ramasser ses vêtements en vitesse ; elle, plus posée, s'assit dans le lit et replia les genoux sur la poitrine. Elle décocha un sourire ironique au visiteur :

– Faire comme si vous n'étiez pas là, ça va être un peu difficile… C'était vous, tout ce bruit dans le couloir ?

– Oui. On n'a pas fini, d'ailleurs, vous allez entendre d'ici peu le… Ah ! Voilà.

De fait, des coups de feu résonnaient à présent sur les toits.

– On vend de la drogue dans cet hôtel. Je suis le commissaire Quethec. Ceci est une descente de police.

Il brandit son badge.

– Oui, enfin… Vous êtes surtout montés.

Elle s'amusait beaucoup de cette conversation. Les draps lui couvraient très approximativement la poitrine et elle s'en fichait bien. Son partenaire en était à mettre ses chaussettes.

– Il faut excuser mon amant, monsieur le policier : il est marié. Et si sa femme apprenait qu'il couche avec sa patronne… Vous êtes marié ?

– Écoute, Anne, il vaudrait mieux que…

– C'est bon, Vincent, ne t'affole pas, on ne va pas te mettre en prison parce que tu trompes ta femme !

– C'est sûr. Mais ça ne va pas être facile pour vous de sortir d'ici sans donner votre identité.

– Oh, quel dommage…

De toute évidence, elle s'en fichait. Elle prit des yeux gourmands :

– C'est très excitant, ces petits hôtels, vous ne trouvez pas, Commissaire ? Vous en avez déjà fréquenté ?

Il s'abstint de répondre. Ça lui était arrivé, oui… Avec Carla. Et ça ne l'excitait pas trop. Il avait plutôt tendance à réagir comme ce Vincent, qui nouait ses lacets. Pas fier.

Georges Van Meerbeeck entra dans la chambre à ce moment :

– Évite de faire un carton, Oscar, c'est moi… On les a eus. Ils sont dans un fourgon, en bas. Un de nos hommes est blessé, mais à part ça, il n'y a pas de casse… Dis donc, mais t'es en charmante compagnie ! Va falloir prendre les témoignages de tout ce joli monde…

Cela fit presque rire la femme.

– Vous permettez que je m'habille ? Je suis à vous tout de suite.

Le téléphone du commissaire sonna. C'était Fauvilles. Sa voix était à peine audible :

– Frédéric Jacob s'est échappé. J'ai loué un vélo public, je le poursuis.

– À *vélo* ?

– La voiture était bloquée, je manquais de temps… Au moins, c'est discret, je ne pense pas qu'il m'ait vu. Il va rue de Flandre, j'ai l'impression. Si vous pouviez me retrouver là-bas…

Oscar Quethec arriva discrètement au 120, rue de Flandre, un quart d'heure plus tard, en voiture, accompagné de deux policiers ayant participé à la descente. Olivier Fauvilles était en observation, presque invisible, sous le porche du 124.

– Il est chez lui. Je suis content de vous voir, Monsieur le Commissaire. Je pense qu'il ne sait pas qu'il a été suivi.

– Vous êtes là depuis combien de temps ?

– Cinq minutes environ.

Ils prirent place devant le numéro 120, le commissaire et l'inspecteur devant, les deux autres en renfort. Oscar Quethec s'apprêtait à frapper lorsque la porte s'ouvrit brusquement. Frédéric Jacob les regarda, stupéfait, et fit immédiatement volte-face en tentant de refermer derrière lui, mais le commissaire bloqua la porte et le poursuivit dans le couloir. Il parvint à lui arracher son sac avant qu'il ne monte les escaliers et, au deuxième étage déjà, les policiers le rattrapèrent et le maintinrent fermement au sol. Le commissaire ouvrit le sac.

– Il va falloir qu'on parle, et sérieusement.

C'est menotté que Frédéric Jacob fit son entrée au commissariat de la rue Royale. Il avait tout perdu de la morgue qu'il affichait lors de son entretien précédent avec le commissaire Quethec. Celui-ci lui fit prendre place dans une salle d'interrogatoire. Olivier Fauvilles s'installa derrière l'ordinateur pour prendre note.

– Je dois te remercier d'avoir tout rassemblé dans ce sac, tu nous facilites la tâche. On va perquisitionner ton appartement, mais bon, tu partais avec ça, c'est donc le plus important, non ? Vous êtes prêt, Fauvilles ? Donc, dans ce sac, nous avons…

Le commissaire en étala le contenu sur la table.

– Des photos, beaucoup de photos ! Et on dirait que tu t'es spécialisé dans un genre bien particulier : les couples attablés au bar de l'hôtel, qui se prennent la main ou qui se roulent ouvertement des pelles ! Ah, ceux-ci, ils sont plus discrets, mais bon, les regards sont éloquents… Et toujours le même point de vue ; t'avais un appareil planqué dans ton bar, c'est ça ? À part ça… Un portefeuille, un trousseau de clés, un téléphone, des sous-vêtements et deux T-shirts – tu partais en vacances ? – avec une brosse à dents…

Frédéric Jacob regardait fixement le mur, s'abstenant de répondre.

– Enfin l'élément final, qui est somme toute ce qui m'intéresse directement : une reproduction, dimension carte postale, d'un dessin de Félicien Rops intitulé *Le Bonheur dans le crime*.

Les doigts d'Olivier Fauvilles cessèrent de marteler le clavier.

– Est-ce que c'est la…

– Oui. Tu nous expliques, Frédéric ? Tu permets que je t'appelle Frédéric, hein ? Au point où on en est…

– Je veux parler à mon avocat.

– Ah, là, tu joues une mauvaise carte. Tu vas vite comprendre : dès que tu demandes à parler à un avocat, moi, je ne peux plus te poser de questions. Le problème, c'est que tu es impliqué jusqu'au cou dans deux affaires criminelles et que nous avons tout ce qu'il faut pour te couler. D'une part, tu t'enfuis du bar d'un hôtel où on vendait de la coke ; d'autre part, tu as téléphoné à Marie Tiers le lendemain du meurtre de son mari et tu es en possession d'une carte postale qui se trouvait dans le bureau de Victoria Garcia Borges, secrétaire du mort – et tuée par balle, elle aussi. Et je peux expliquer, témoin à l'appui, quand et comment tu l'as volée. Ça s'appelle être profondément dans la merde, Frédéric.

Il marqua une pause un peu solennelle, comme on passe à la ligne pour ouvrir un nouveau paragraphe. Frédéric Jacob se taisait toujours.

– Tu m'as l'air d'un bien vilain garnement. C'est pas le tout, de se brosser les dents tous les soirs avant d'aller dormir. T'as commis des fautes qui ne se lavent pas avec du dentifrice et nous, les policiers, on n'aime pas ça. Alors soit tu m'expliques ce que tu fais avec cette carte postale dans ton sac et je parle avec mon ami le commissaire Van Meerbeeck pour qu'il ne charge pas trop le pauvre innocent barman de cet hôtel de la turpitude, soit…

– Ça va, ça va… J'ai compris. Retournez la carte postale.

– Ah tiens ! Quelle bonne surprise ! Prenez note, Fauvilles :

Notre bonheur est dans le crime, ma sublime, et oh, mon Dieu !, comme il est délicieux. À toi, toujours,

O. T., février 2011

– Je vois… Une preuve qu'Octave Tiers entretenait une relation avec sa secrétaire. C'était pour ça, le coup de téléphone à Marie Tiers ? Allez, vas-y, je t'écoute.

Jacob respira un grand coup avant de se lancer.

– La drogue dans l'hôtel, tout ça, j'en savais rien. En tout cas, je ne suis pas lié. Moi, mon truc, c'était… le chantage. Un couple vient une fois, deux fois, je me renseigne : si l'un ou l'autre est marié, j'envoie une copie des photos et… disons que ça arrondissait mes fins de mois.

– Octave et Victoria sont déjà venus à ton hôtel ?

– Non. Je les ai surpris dans le hall d'entrée, à la rue de l'Ermitage, par hasard. Ils n'étaient pas sûrs que je les aie vus s'embrasser. J'avais reconnu Victoria et, un peu après, je suis allé rue des Minimes. Là, j'ai eu de la chance.

– Ils ont payé ?

– Victoria était furieuse. Lui, plus calme, mais inquiet quand même. Il a payé, mais pas tout, il voulait être sûr de récupérer la carte postale. On en était là…

– Bon. Je ne dis pas que je te crois, mais on verra plus tard. Toutes ces photos avec lesquelles tu partais, c'était quoi ?

– Les… affaires en cours, disons.

– Et pourquoi avoir téléphoné à Marie Tiers après que ta mère t'a appris la mort d'Octave et Victoria ?

– Eh bien… Je me suis dit que je détenais une information qui intéresserait la police. Qui dirigerait vos soupçons vers elle. Je ne savais pas si c'était elle, l'assassin, mais ça valait la peine d'essayer.

– En fait, avec la même partition, tu faisais chanter quelqu'un d'autre…

– C'est ça.

– Pourquoi lui avoir téléphoné si tôt, ce matin-là ?

– Pour être sûr de lui parler avant vous. Je pensais qu'avec une carte prépayée, vous ne retrouveriez pas ma trace.

– Et elle a payé ?

– Elle allait le faire.

– Combien ? Quand ?

– Elle devait me remettre 1 000 euros demain, 500 trois jours plus tard.

– Je vois. T'es vraiment un bon gros salaud. Allez, c'est bon, j'en ai fini avec toi. Fauvilles, faites-moi plaisir, sortez-le d'ici. Direction cellule – sans passer par la case départ.

À toi, toujours. Il n'en croyait pas ses yeux. C'était écrit, noir sur blanc, par Octave Tiers : ils étaient amants. Il fixa le texte un long moment. Qu'impliquait cette découverte ?

Il remonta à son bureau. La nuit allait être longue. Il espérait sans trop y croire retrouver Georges Van Meerbeeck : avec lui, il parviendrait à organiser ses idées, il aurait un interlocuteur valable avec qui mettre à plat les différents éléments de l'enquête.

Il n'était évidemment pas là, et de toute façon il serait passablement occupé dans les jours à venir. Quethec s'assit à son bureau, fatigué. Après quelques minutes, du bruit se fit entendre dans le couloir, puis Olivier Fauvilles se présenta à sa porte.

– C'est bon, c'est fait ?

L'adjoint avait lui aussi l'air exténué.

– Oui, il est en cellule.

Le commissaire brandit la carte postale :

– Alors comme ça, c'est clair et net : ils étaient amants. Et Marie Tiers le savait, et cherchait à le cacher.

– D'accord mais rien ne prouve pour autant qu'elle soit l'assassin, Monsieur le Commissaire.

Cette fois c'en était trop :

– Écoutez, Olivier, si vous voulez qu'on s'entende un jour, vous et moi, il va falloir que vous arrêtiez de me bassiner avec ce titre ridicule, c'est définitivement compris ? J'en ai ma claque, vous n'imaginez pas à quel point !

– Mais… Mais merde ! Sauf le respect que je vous dois, merde !

Il n'avait pas mesuré à quel point son adjoint avait mal vécu la soirée et il lui explosait maintenant à la figure.

– Depuis le début de cette enquête, vous êtes insupportable ! Irascible, dédaigneux, rabaissant ! Jusque-là j'ai encaissé sans broncher, mais franchement, vous êtes à chier ! Une vraie teigne ! Et moi, je ferme ma gueule ! Ah, il a bon dos, le mouton ! Vous croyez que ça m'éclate, de retourner les archives ? De bouffer du papier à longueur de journée ? Ah, j'oubliais mes enquêtes sur le terrain : ça me motive, mais elles se révèlent généralement parfaitement inutiles ! Vous faites votre truc de votre côté, avec ces bouquins, et vous me laissez me débrouiller seul ! À part ça, quoi ? On est allés voir les putes et je me suis retrouvé en première ligne face à des trafiquants de drogue à la gâchette un peu trop facile ! Pourquoi ? Parce que *vous* ne m'aviez pas informé que le barman était un homme qu'on connaissait ! J'étais déjà pas à l'aise, mais alors là, vous imaginez ! Là-dessus je me fais repérer, j'essaie d'assurer, sans arme, Frédéric Jacob m'échappe et je me retrouve à lui cavaler après dans tout Bruxelles, tout seul, *à vélo* ! J'en ai marre ! Marre d'un supérieur pareil, juste bon à s'assurer qu'on ne l'appelle pas « Monsieur le Commissaire » ! C'est quoi, votre problème ? Vous êtes un monsieur, vous êtes commissaire, et on n'a pas gardé les vaches ensemble ! Merde ! Je me barre ! J'en ai rien à foutre, moi, de votre enquête à la con ! Un éditeur et sa secrétaire ont été tués ? Je m'en tape ! Je vous plante là avec ce type, cette femme et ce foutu bébé ! Vous me faites chi…

– Ce « foutu bébé » ! Mais le voilà, le mot manquant, le fin mot de l'histoire ! Venez ici que je vous embrasse !

Pour le coup, évidemment, Olivier Fauvilles était coupé dans son élan. Il resta tout interdit avec sa hargne dans la gorge, et son supérieur qui le serrait contre sa poitrine.

– Je… Je ne comprends pas, Monsieur le Commissaire.

Celui-là, il le laissa passer.

– Souvenez-vous de cette page de manuscrit trouvée sous le corps de Victoria Garcia Borges ! Attendez, je reprends le texte, c'est tout à la fin, quand le tueur va dire pourquoi il supprime Véra :

Cette femme était devenue un problème et c'était regrettable, mais la seule solution vivable pour moi avait été de la supprimer, elle et ce foutu

… bébé ! Si c'est le mot qui vient ensuite, à la page suivante, vous saisissez ce que ça implique ?

Tout s'organisait dans sa tête à la vitesse de l'éclair.

– Grâce à votre « foutu bébé », je peux enfin établir un parallélisme entre la fiction et la réalité, plus précis et plus éclairant que tout ce que j'avais imaginé ! Arrêtez si je me trompe ou si vous pensez à quelque chose, d'accord ? Bon… Manifestement, Octave Tiers menait sa vie comme on joue double jeu. D'un côté son couple avec Marie de Tourve, la maison d'édition, les relations proprettes, de l'autre une relation avec Victoria Garcia Borges et une passion pour les polars et les bas-fonds. Combien de temps a duré cette relation ? Longtemps. Peut-être a-t-elle commencé dès que Victoria a été engagée, il y a quatre ans. En tout cas, ils n'ont pas écrit autant de romans en un an ou deux.

– Et alors ? Qu'est-ce que ça change ?

– Victoria avait 31 ans. Elle vivait une relation adultère avec Octave depuis trop longtemps pour que, lorsqu'elle est tombée enceinte, cela ne laisse pas de traces.

– Je ne comprends pas.

– Une aventure avec un homme marié, ça va un moment, c'est supportable. Mais rester dans l'ombre d'un couple durant autant d'années dans le même temps qu'ils partagent une passion littéraire commune… Pour Victoria, Octave était loin d'être une passade !

– Et donc, nécessairement, elle attendait d'Octave autre chose. Ou plus.

– Voilà. Peut-être n'en avait-elle pas vraiment conscience, d'ailleurs. Ce que l'on sait, c'est qu'ils se sont disputés à partir du moment où elle est tombée enceinte. Comme si cet enfant avait révélé les tensions latentes.

– Pourquoi pas, mais quel rapport cela a-t-il avec leur mort et le manuscrit ?

– Je pense que Victoria voulait garder l'enfant, qu'Octave voulait qu'elle avorte et que cela a été un point de rupture. Je pense qu'à ce moment, il a commis une énorme erreur : il a écrit seul un polar dans lequel son double fictionnel tue le double de Victoria parce qu'elle porte son enfant. Il n'aurait pas dû retourner le miroir vers lui-même… Victoria est tombée sur le manuscrit…

– … et elle a vu rouge. D'où leur dispute à la réception.

– Puis ils rentrent à l'appartement. Ils vont au bureau, où se trouve le Smith et Wesson.

– Et là…

– … ils se disputent encore, plus fort, elle prend l'arme, elle le tue et se suicide.

– Vous n'avez aucune preuve de tout cela. Juste une carte postale signée des initiales d'Octave Tiers. Et que faites-vous de la troisième personne ? Elle au moins, sa présence est avérée, et pourtant, vous l'excluez de votre « roman ».

– La troisième personne ? Marie Tiers ?… Témoin de la scène.

– Ou meurtrière, pourquoi pas ? Ce ne sont que des suppositions. Rien ne nous dit que Marie Tiers savait que son mari la trompait. D'ailleurs, ils allaient fêter leur anniversaire de mariage… et de toute façon, elle était en France, avec son amie !

Et soudain, ils comprirent. Ils échangèrent un regard incrédule, le commissaire se prit la tête dans les mains :

– Bon sang… C'était sous notre nez depuis le début et nous n'avons rien vu. Les boutons de manchette… Et Corinne Haumont qui parle du congé d'Octave puis, immédiatement, de leur anniversaire… Ils partaient en France pour fêter leur anniversaire de mariage.

– Et dans ce cas, inviter Cécile Enjoint n'a rien de normal.

– Exactement. Elles nous mentent depuis le début.

– Mais comment le prouver ?

Oscar Quethec dormit bien cette nuit-là. Il se réveilla tard et prit le temps de déjeuner correctement. Dans la fièvre des derniers jours, il avait cessé de se raser quotidiennement; la fine barbe qui lui couvrait la mâchoire donnait à son visage un caractère franchement négligé. Il se rasa consciencieusement dans le morceau de miroir gauche, s'aidant de celui de droite pour mieux positionner la lame.

À neuf heures trente, il se mit au travail. Il commença par un mail au juge d'instruction, dans lequel il faisait le point sur l'enquête, justifiant la demande de nouveaux mandats de perquisition. N'étant pas sûr que le magistrat lise ses mails un samedi, il se permit de lui téléphoner. Le juge ne décrocha pas, mais une demi-heure plus tard, il accusait réception du message et le commissaire avait ses mandats. Il contacta alors Fauville pour confirmer le plan dressé la veille et régler les derniers détails. Il termina par la psychothérapeute, sur le répondeur de laquelle il laissa un message:

– Docteur, Oscar Quethec à l'appareil. Écoutez... Je me suis emporté, la dernière fois – enfin, vous l'avez bien vu. Pardon pour ça. Puis-je venir vous voir lundi, à notre heure habituelle? Je pense que cette fois, ça ira.

Fauvilles sonna à sa porte un peu avant onze heures. Il était accompagné, comme demandé, de deux policiers. Ils se rendirent ensemble au 64, rue de l'Ermitage. Ils se firent ouvrir la porte principale par la concierge.

Oscar Quethec sonna une seule fois à l'appartement de Marie Tiers. Il y eut quelques pas, des talons de femme, puis le bruit du verrou, et la porte s'ouvrit.

– Commissaire?

– Bonjour, madame Tiers. J'ai ici un mandat qui me donne le droit d'entrer dans votre domicile et de le fouiller. J'en ai un second concernant l'appartement de Cécile Enjoint. Néanmoins, je pense qu'une simple discussion avec vous suffira pour régler cette affaire.

– Je… ne comprends pas.

– Je pense, au contraire, que vous comprenez parfaitement.

Les cinq policiers pénétrèrent dans le hall, mais seuls Oscar Quethec et Olivier Fauvilles s'installèrent au salon… où se trouvait Cécile Enjoint.

– Bonjour, Madame, je suis satisfait de vous trouver ici, cela va faciliter les choses.

La veuve s'assit, silencieuse.

– Je vais commencer par une question assez simple : un oui ou un non suffira. Victoria Garcia Borges était enceinte. J'en ai informé votre amie ici présente, je doute que vous l'ignoriez. Ma question est : autorisez-vous qu'un médecin prélève l'ADN de votre mari afin d'effectuer un test de paternité ?

– …

– Je vois. Vous mesurez ce que votre réponse implique. Si vous refusez ce test, on vous soupçonnera de vouloir nous cacher la vérité. En même temps, vous supposez que votre mari est effectivement le père de cet enfant… et que, dans ce cas, nos soupçons se dirigeront également vers vous. Il n'y a pas de bonne réponse à ma question.

La veuve resta muette.

– Même le silence vous est défavorable. Par ailleurs, je vous informe que votre rendez-vous avec Frédéric Jacob est annulé. Il est derrière les barreaux, sans doute en pleine conversation avec son avocat, à l'heure qu'il est. J'aurais pu vous le dire d'emblée, bien entendu, mais cela vous aurait aidé à me répondre.

Le silence de Marie Tiers se faisait de plus en plus nerveux.

– Nous savons que vous nous cachez la vérité, Madame. Au moins une partie de la vérité. Vous ne projetiez pas de partir au cap Gris-Nez avec Cécile Enjoint. Vous alliez là-bas fêter votre anniversaire de mariage avec votre époux. Il n'y a que les empreintes de Victoria, de votre mari et les vôtres sur la porte fracturée du bureau. Bureau dans lequel se trouvait l'arme, vous y aviez donc très facilement accès. Vous mesurez combien je peux vous charger, n'est-ce pas ? Votre alibi peut être démonté : l'utilisation de votre carte de banque dans une station-service en France ne prouve pas votre présence là-bas, il suffit d'un complice. D'une complice, une amie fidèle, qui se couvre le visage ou prend votre apparence pour les caméras de surveillance. Je vise ici, bien entendu, Cécile Enjoint. Vous n'avez toujours rien à répondre ?

– Je… Je veux parler à mon avocat.

– Effectivement, vous allez avoir besoin de lui. Pendant ce temps, nous, on va fouiller cet appartement. Je doute que vous ayez pu vous défaire du manuscrit de votre mari.

Étonnamment, ce fut Cécile Enjoint qui réagit :

– Marie… Tu n'as pas à faire ça.

– Je veux parler à mon avocat.

– Bon. Olivier, dites aux hommes qu'ils peuvent commencer.

– Marie, tu n'es pas obligée !

Cécile Enjoint était fébrile ; pâle, elle ne tenait plus en place dans son fauteuil :

– Elle… Elle me protège, Commissaire ! Elle n'a rien fait ! C'est moi qui… Je vais parler. Les choses ne se sont pas passées comme nous vous l'avons dit. Marie et Octave ne m'avaient pas invitée à partir avec eux, ils…

Mais la veuve intervint :

– Depuis le début, nous ne faisons que nous protéger, Commissaire… Pour épargner Cécile, qui n'est pas responsable, et la réputation d'Octave. Je l'ai aimé, Commissaire, comme… Je l'ai adoré. Et malgré… malgré tout, aujourd'hui, je l'aime encore…

Elle dut se taire, étouffée par les sanglots. Puis elle se reprit.

– Je suis partie au cap Gris-Nez comme je vous l'ai dit. Octave m'avait prévenue la veille qu'il avait une réception chez De Pond et je suis partie seule. Je voulais préparer la maison pour notre anniversaire de mariage. J'ai fait mes bagages, le fils de la concierge m'a aidée à les charger dans la voiture, puis je suis remontée pour écrire un mot qui accompagnerait la paire de boutons de manchette que je voulais lui offrir. J'avais presque fini quand Cécile a sonné à la porte. Nous étions convenues de passer l'après-midi chez elle. Elle est montée, nous avons discuté un moment puis nous sommes parties… et j'ai complètement oublié les boutons de manchette. Ce n'est que pendant le trajet, une fois passée la frontière, que je me suis rendu compte que je les avais laissés, bien visibles, sur la table de la chambre. Et qu'Octave allait les voir en rentrant. J'ai alors téléphoné à Cécile pour qu'elle passe les récupérer. Ainsi, je pourrais les lui offrir à notre retour.

– Vous avez donc les clés de l'appartement, madame Enjoint ?

– Bien sûr. Comme Marie a les miennes.

– Ces réceptions prennent rarement fin avant onze heures, j'étais sûre que Cécile aurait le temps d'entrer et de sortir sans croiser Octave.

– Mais quand elle arriva, il était déjà rentré, accompagné de Victoria Garcia Borges.

Seul le silence répondit au commissaire, qui conféra à son constat en apparence détaché un ton lugubre. La suite du récit, nécessairement, était une tragédie. Le regard de Cécile Enjoint se perdit dans le vide lorsqu'elle reprit le cours des événements. Sa voix se fit plus grave :

– Oui, Octave était là. Avec Victoria. Je le connais depuis plus de vingt ans, vous savez. Depuis nos études à l'université. C'est par mon intermédiaire qu'il a rencontré Marie. Je croyais bien le connaître. C'est seulement il y a quelques mois que je me suis rendu compte qu'avec Victoria, il y avait… quelque chose. Pour autant, nous n'avons pas mis de mots dessus. Depuis son mariage, j'étais plus proche de Marie que de lui – c'est une chose qui arrive souvent dans l'amitié entre un homme et une femme, n'est-ce pas ? J'imagine que cela permet de rester proches sans perturber le couple… Enfin soit, Octave et moi n'avons pas parlé franchement de Victoria, mais, à demi-mot, je l'ai mis en garde – hélas bien trop tard… Et puis, mes amis m'ont annoncé qu'ils partaient fêter leur anniversaire de mariage, j'ai cru que tout était arrangé… sauf que quand je suis arrivée pour prendre les boutons de manchette, Octave et Victoria se disputaient dans le bureau. Elle criait, je ne sais plus quoi exactement, je me souviens juste de cette phrase : « Salaud ! Comment as-tu pu me faire ça, à moi ! Toi, à moi ! » Je ne comprenais pas ce qui se passait. Victoria criait, Octave répondait, fâché, lui aussi. Devais-je intervenir ? Fallait-il que je m'en mêle ? J'ai décidé d'y aller, sur un coup de tête, j'allais m'avancer quand Octave a crié : « Victoria ! » J'ai compris qu'il y avait vraiment un problème et je me suis précipitée. Je les ai surpris en arrivant dans l'encadrement de la porte du bureau, ils étaient trop dans leur dispute pour m'avoir entendue. Octave ne comprenait pas ce que je faisais là. C'est la dernière image que j'ai de lui, cet étonnement sur son visage… Pour Victoria, ma présence n'avait aucune importance, elle était beaucoup trop emportée, elle était… hors d'elle. Ça s'est passé très vite. J'ai dû parler, parce qu'elle s'est retournée, m'a lancé quelque chose comme « Alors toi, te mêle pas de ça ! » et a fermé la porte avec fracas. Ce n'était qu'une seconde, mais j'ai eu le temps de voir le… revolver. C'est pour cela qu'Octave avait crié ! Je me suis jetée sur la porte. Je ne comprenais rien, sinon qu'il était en danger de mort ! Victoria avait fermé la porte à clé ! J'ai crié, j'ai appelé, je me suis acharnée, je devenais folle ! Et dans le bureau, ça criait toujours ! « Salaud ! Salaud ! Salaud ! » Et puis… le coup de feu a claqué. Le premier. Il n'y a plus eu un bruit dans le bureau. J'étais figée d'horreur. Puis le deuxième coup de feu a retenti. J'ai attaqué la porte à l'épaule.

– On n'a retrouvé aucune empreinte, aucune trace de votre présence dans l'appartement.

Cécile Enjoint leva les mains comme pour les désigner :

– Je porte toujours des gants, en dehors de chez moi ou en public, depuis…

– Depuis cette explosion de gaz à votre domicile. C'est logique.

L'amie reprit son récit, les yeux petit à petit plus écarquillés ; on aurait dit qu'elle revivait la scène en la racontant :

– La porte a fini par lâcher. Face à moi, Octave se tenait immobile sur son fauteuil, une tache rouge au cœur… Octave était mort ! J'ai voulu me précipiter vers lui, je me suis élancée, mais… mes pieds ont rencontré le corps de Victoria. Alors… J'ai perdu la raison, je crois. Je lui ai envoyé violemment la pointe de ma chaussure dans le ventre. Son bras sans vie est parti sans résistance, le revolver a volé dans la pièce. Je ne sais combien de coups j'ai donné ni combien de temps ça a duré, mais… Quand j'ai repris mes esprits, j'ai vu le manuscrit sous la chevelure de Victoria. Pourquoi me suis-je penchée pour ramasser ces feuilles ? Peut-être que, bien que perdue dans mes émotions, une part de moi, déjà, cherchait à comprendre… Le papier était rouge de sang, quelques gouttes sont tombées dans ses cheveux. C'est ce qui m'a amenée à réfléchir. J'étais sur les lieux d'un meurtre, impliquée malgré moi dans le meurtre d'Octave et ce suicide… Et à ce moment, le corps de Victoria s'est mis à bouger ! Pas beaucoup, mais j'étais sûre de l'avoir vu ! Et il a recommencé ! Mon Dieu, qu'est-ce que j'avais fait ? Qu'est-ce que j'allais faire ? J'ai pensé très vite, ou plutôt, ma peur a pensé pour moi. Personne ne savait que j'étais là. Il n'y avait aucune trace de moi sur les lieux du crime… J'ai collé le manuscrit contre moi, ce manuscrit lourd et sale du sang de Victoria… et je suis sortie du bureau.

Cécile Enjoint marqua une pause, comme si elle mettait sa narration quelque peu à distance.

À la cuisine, j'ai pris un sac en plastique, j'y ai mis les feuilles et mon pull, taché de sang, et je suis rentrée chez moi. Là, j'ai recommencé à paniquer. Je devais parler à Marie en même temps que je savais que le pire serait de lui téléphoner. Et puis, il me fallait un alibi… Alors, j'ai pris ma voiture et j'ai rejoint Marie au cap Gris-Nez.

– Et là-bas, vous avez élaboré ensemble un récit pour la police.

– Un récit qui ne nous impliquait ni elle, ni moi.

– Et Frédéric Jacob ?

– C'est moi qui ai pris le téléphone. Nous pensions que c'était vous qui appeliez. Il voulait parler à Marie, évidemment, mais j'ai fait rempart. Je n'ai pu que nous faire gagner du temps. Après ça, nous avons fini par nous endormir quelques heures.

– La nuit avait dû être courte…

La veuve trouva alors la force de répondre, mais d'une voix bouleversée :

– Je… Je ne dors plus, Commissaire. Le film tourne en boucle dans ma tête. Jamais, jamais je… Vous avez sans doute remarqué mon état depuis… le jour du meurtre. Mais nous ignorions tout du bébé, Cécile et moi. Elle ignorait que… Oh, Commissaire, c'est… C'est insoutenable, je…

Les sanglots l'empêchèrent de poursuivre. Son visage ruisselait de larmes.

– Excusez-moi, mais… Avez-vous lu le manuscrit ?

– J'ignorais qu'Octave avait écrit tant de livres, et qu'il les écrivait avec Victoria. C'est seulement après que j'ai cherché, et que j'ai découvert ce secret. Ce dernier manuscrit, c'est lui. C'est nous. C'est sa vie déformée. Il m'aimait, Commissaire, dans ce livre, ça se sent. C'était insupportable pour moi de lire ça dans le sang de Victoria… Vous trouverez le manuscrit dans ma cave.

Olivier Fauvilles sortit le chercher. À peine quelques minutes plus tard, il revint avec, dans les mains, une chemise à rabats contenant une centaine de pages, blanches, format A4. La chemise et la tranche des pages étaient tachées de sang. Le titre était donné sur une étiquette, écrit de la main d'Octave : *L'Amour, la mort et nous.*

Le commissaire observa sans la toucher cette dernière pièce à verser au dossier l'enquête, puis s'adressa aux deux femmes :

– Vous avez pour vous de nombreuses circonstances atténuantes, et je rédigerai mon rapport de manière à les mettre en évidence. Il n'empêche que je dois vous arrêter, madame Enjoint, pour coups et blessures ayant accéléré la mort sans intention de la donner et pour non-assistance à personne en danger. Et vous l'avez aidée, madame Tiers, à nous cacher la vérité.

Marie Tiers et Cécile Enjoint furent emmenées séparément, sans menottes, au commissariat. Les enquêteurs prirent note de la déposition de l'une puis de l'autre, en présence de leurs avocats. Cécile Enjoint déposa avec froideur et résignation ; une heure et demie plus tard, ce fut au tour de la veuve. Le commissaire se tut pendant son témoignage. Il n'y avait qu'elle et la frappe des touches sur le clavier de la dactylo. Puis sa signature au bas du document.

– C'est mieux ainsi, Commissaire. Que la justice des hommes nous condamne. Ainsi, au moins ne serai-je plus seule face à moi-même. Ni moi, ni Cécile.

« Face à moi-même »... Avant de refermer la porte de la cellule de Marie Tiers, il la regarda une dernière fois, longtemps, si longtemps que son regard sembla finir par la traverser pour se fixer loin, beaucoup plus loin, sur quelque chose ou quelqu'un qui n'était pas dans la pièce.

7

Le lundi suivant, Oscar Quethec se montra ponctuel à son rendez-vous chez Virginie Watrin.

– J'ai clôturé mon enquête samedi.

– Soulagé ?

– Oui. Et à plus d'un titre, si je puis dire.

– Je ne comprends pas.

– Eh bien… Finalement, il est plus question de culpabilité que de coupables, dans cette histoire.

– Et alors ? Pourquoi êtes-vous soulagé « à plus d'un titre » ?

– Parce que… J'ai compris quelque chose à propos de moi-même. Depuis cette enquête sur le Découpeur – non, je veux dire : depuis mon histoire d'amour avec Carla, je ne suis pas coupable, mais je me sens coupable. Et c'est ce sentiment de culpabilité qui me poursuit.

– Pourquoi ce sentiment ?

– Pour ne l'avoir pas sortie de la prostitution. Pour n'avoir pas assumé mon amour jusque-là. C'est en tout cas comme ça que je le vis. Mais étais-je en position de l'aider ? Me demandait-elle quelque chose ? Peut-on aider une personne malgré elle ? Je ne sais pas. Je sais juste que je me sens coupable.

– Bravo.

– « Bravo » ?

– Vous avez mis les mots justes. Vous n'avez pas de « solution », mais vous vous confrontez à votre réalité. À vos sentiments. Et ainsi, vous commencez à les apprivoiser. À vivre avec eux. Bravo pour ça.

Il ne répondit rien, mais un très discret sourire, triste, se dessina sur son visage.

Olivier Fauvilles téléphona peu après qu'il eut quitté la psychologue.

– Commissaire ? Le juge d'instruction est ici, il aimerait savoir quand vous revenez pour…

Il releva intérieurement, avec plaisir, l'absence très naturelle du « monsieur » dont l'affublait son adjoint jusque-là. Il n'était pas le seul à avoir changé.

– Dites-lui que j'arrive. Le temps d'acheter un miroir et je rentre.

– Un miroir ?

– Oui, le mien s'est brisé et j'en ai marre de me regarder à moitié tous les matins. Je suis juste à côté du magasin et… Enfin soit, on s'en fiche, dites-lui que j'arrive.

La Foire du Livre de Bruxelles et les éditions Ker
s'associent pour décerner annuellement
le Prix Polar de la Foire du Livre de Bruxelles,
dont l'objectif est de faire entendre les voix nouvelles
d'auteurs et d'autrices de polar belges
(ou résidant en Belgique) francophones.

Le 14 septembre 2021,
le premier Prix Polar de la Foire du Livre de Bruxelles
a été attribué à Olivier Hecquet
pour son roman *Les Mots des morts*, par un jury
présidé par Pascale Fonteneau et composé de
Laura Blanco Suarez, Christine Defoin,
Michel Dufranne, Philippe Gustin,
Geneviève Simon et Xavier Vanvaerenbergh.

Remerciements à
Marie Noble, Commissaire générale
de la Foire du Livre de Bruxelles,
et aux membres du jury de présélection,
Véronique Derbeque, Clément Fourrey,
Anne Verbeke et Isabelle Wettendorff.